JE NE DEVAIS JAMAIS SAVOIR

Tome 1

Emma L

JE NE DEVAIS JAMAIS SAVOIR

Romance contemporaine

Loi n°49-956 du 16 juillet 1949 sur les publications destinées à la jeunesse.

En application de l'art. L.137-2.-I. du code de la propriété intellectuelle, toute reproduction et/ou divulgation de parties de l'oeuvre dépassant le volume prévu par la loi est expressément interdite.

© Léa Dodard 2025

Autre contributeur : Ilona Dodard

Édition : BoD · Books on Demand, 31 avenue Saint-Rémy, 57600 Forbach, bod@bod.fr
Impression : Libri Plureos GmbH, Friedensallee 273, 22763 Hamburg (Allemagne)

Impression à la demande
ISBN : 978-2-3225-3543-9
Dépôt légal : mai 2025

À ma famille, à vous tous. Merci d'avoir toujours été là.

Chapitre 1

Seule, c'est bien le premier mot qui me vient, ma vie n'est plus la même depuis ce jour, le jour où le seul homme qui comptait pour moi s'est envolé. Je vois encore l'arche en bois, mon petit royaume, avec sa table tordue, ses chaises en plastique dépareillées, et mes poupées aux cheveux emmêlés, alignées comme un public muet assistant à nos récits.
Lui aussi était là.
À mes côtés, son regard pétillant derrière ses lunettes rondes, une pipe éteinte entre ses lèvres, il me racontait des histoires qui m'emportaient dans des mondes lointains et merveilleux.
Tout me paraissait si authentique, comme si mon grand-père avait vécu mille vies avant de venir se poser là, sous cette arche, juste pour moi.
J'avais huit ans. Tout était alors si simple. Je donnerais tout pour retrouver cet instant, pour redevenir cette petite fille remplie d'émerveillement, blottie contre lui, emmitouflée dans l'odeur de tabac et de vieux livres.

Mais la réalité me rattrape. Je ne suis plus une enfant, et je suis là, allongée sur mon canapé, les yeux fixés sur le plafond.

Quel sera l'avenir sans lui ? J'ai 24 ans, je n'ai plus de boulot, l'amour est loin et aucune idée de ce que je veux faire de ma vie. Tout autour de moi traînent les restes de ces dernières semaines. Des boîtes de pizza déchirées parsèment le sol, des vêtements froissés forment un tas entre la table basse et la porte. Mon appartement ressemble à un champ de bataille où j'ai perdu le combat.
Je pousse un long soupir et passe une main dans mes cheveux tellement gras qu'ils se tiennent sans élastique.
Un mélange de honte et de colère me traverse... « *Pfff, ressaisis-toi Rose, lève-toi !* »

Je prends une profonde respiration et m'oblige à ne pas me laisser submerger.
Mon regard dérive vers l'entrée, là où les cartons de mon grand-père sont entassés depuis son décès. Je n'ai pas eu le courage de vider sa maison moi-même.
Tout ce qu'il me reste de lui est emballé dans ces boîtes en carton, comme si sa vie tenait dans un petit espace.

Je ferme les yeux. Je prends une grande inspiration et me lève, mes muscles engourdis protestant contre ce mouvement trop brusque après des jours d'inactivité.
Le premier carton est certainement le plus difficile à ouvrir. Je l'ouvre lentement, comme si j'avais peur d'y trouver un piège.
Ce ne sont que des babioles, une vieille montre cassée, un chapeau usé qu'il portait tous les étés, un carnet rempli de notes incompréhensibles. Chaque objet évoque une vague de souvenirs.

Puis mes doigts tombent sur un petit livre abîmé par le temps.
« Petite Fée »
Mon premier livre. J'avais douze ans, et j'étais persuadée que je deviendrais écrivaine. Mon grand-père l'avait lu, encore et encore, comme s'il s'agissait d'un trésor.
Un sourire naît sur mes lèvres, mais il s'efface rapidement. Je ne suis pas encore prête. Mes mains tremblent, et je sens les larmes affleurer avant même de pouvoir les retenir.
Pourquoi m'a-t-il abandonnée ?
Pourquoi est-ce que je me sens si seule en pensant à ces souvenirs qui ne reviendront plus ?

Dans un accès de rage, je jette le livre sur le sol. Puis... quelque chose s'échappe des pages. Je fronce les sourcils et me penche pour ramasser une enveloppe qui contient un bracelet et une lettre soigneusement pliée. Le papier est jauni, mais l'écriture me saute immédiatement aux yeux.

Ma chère Rose,

Aujourd'hui, tu as célébré ton 18e anniversaire. J'ai chanté, j'ai souri, j'ai fait semblant de n'être qu'un vieux grand-père gâteux. Mais à l'intérieur, j'étouffais.

Chaque jour, je me hais un peu plus de t'avoir caché la vérité.

Ton père n'est pas mort le même jour que ta mère. Il ne t'a jamais connue. Il ne savait même pas que tu étais venue au monde.

Ta mère m'a supplié de me taire. Elle ne m'a jamais dit pourquoi. J'ai promis et j'ai tenu parole, mais pas sans ressentir de la douleur.

Il s'appelle Henry Beaumont. Il possède un hôtel à Paris. C'est tout ce que je peux t'offrir aujourd'hui.

Je suis désolé. Pardon de ne pas avoir été assez courageux. Je t'aime plus que tout.

Papy

Non...
Je relis les mots encore et encore, en espérant les voir changer.
Mais non.
C'est bien là, devant mes yeux. Tout ce que je croyais vrai était un mensonge.
Et surtout...
Mon père est en vie. Une colère monte en moi, mêlée à une tristesse que je ne pensais même pas pouvoir ressentir. Mon grand-père était tout pour moi, mais à cet instant précis, il devient soudain un étranger. Pourquoi m'avoir privée de lui ? Pourquoi m'avoir laissée vivre avec ce vide si immense alors que mon père respirait, quelque part ?

J'ai envie de hurler, de pleurer, de frapper quelque chose. Il m'a toujours dit que mes parents étaient morts ensemble dans un accident de voiture. Que nous étions la seule famille de mon père. Je comprends maintenant pourquoi il n'y avait que si peu de photos d'eux.

Un bruit sourd me fait sursauter.

— Rose ?
La voix d'Élodie. Je la connais depuis de nombreuses années, elle est comme une sœur.
— C'était ouvert, je suis rentrée, ça fait dix minutes que je frappe !
Je ne réponds pas immédiatement.
— Rose ?
— Je suis là… dans mon placard.
J'entends ses pas résonner dans l'appartement. Puis un soupir.
— Rose, sérieusement ? Dans ton placard ? Et puis, regarde ce carnage ! Tu me fais peur là !
— Je ne suis pas d'humeur, Élodie.
— Pour commencer, tu vas aller prendre une douche, je vais ranger un peu ton appart' et ensuite on s'occupe de ton moral.

Je ne proteste pas. Elle a raison.

Dans la salle de bain, je croise mon reflet dans le miroir embué. Une inconnue me fixe. Des cernes noirs sous des yeux rougis, des cheveux bruns, collés par la saleté. Mon tee-shirt blanc… enfin, ce qui était autrefois blanc pend sur moi comme un vieux chiffon.
Je ferme les yeux et laisse l'eau chaude couler sur ma peau, lavant un peu de ma torpeur.
Quand je ressors, Élodie est debout au milieu du salon, un sac poubelle à la main.
— Alors, ça fait du bien ?
— Je ne sais pas, je…
— Rose ! Tu ne vas pas rester à broyer du noir éternellement. Je ne te reconnais plus. Je sais que tu es triste, mais tu ne peux pas rester sur ton canapé toute la journée à manger des pizzas, à ne pas te laver. Non, je ne

peux pas te laisser comme ça. Ton appart', tu l'as vu ? Encore une semaine et c'est l'invasion des rats ! Tu m'écoutes au moins ?

Bien sûr que je l'écoute, mais je ne peux pas m'empêcher de penser à la lettre de mon grand-père. Est-ce que je dois lui en parler ou le garder pour moi ?
— Qu'est-ce que c'est ?
Impossible pour moi de ne pas la fixer pendant qu'elle lit la lettre. Je ne peux pas pleurer, je ne veux pas pleurer.
— C'est quoi ça ? Attends, je ne comprends pas, ton père n'est pas mort, il est vivant, mais ne sait pas que tu existes. Ton grand-père nous a caché ça, t'a caché ça pendant vingt-quatre ans ? Oh, mon dieu Rose, je suis tellement désolée, viens là.

Je ne veux pas pleurer, mais l'émotion est bien trop forte. Sentir qu'elle me comprend, le partager avec elle me fait tellement de bien.
— Ton grand-père ne parlait jamais de tes parents, jamais je n'aurais pensé à ça. Où l'as-tu trouvée ?
— Dans un livre que j'ai écrit quand j'étais petite. J'étais énervée, je l'ai lancé, et la lettre s'est échappée. Ce bracelet était là aussi, il appartenait à ma mère. Je refuse d'y croire. Il m'aurait cherchée ! Il aurait essayé de me retrouver, non ?
Élodie incline la tête.
— Pas s'il ne savait même pas que tu existais.
L'air me manque. Tout se bouscule dans ma tête.
— Je... je dois le voir.
Elodie relève les sourcils.
— Quoi ? Tu veux dire... maintenant ?
— Non, pas tout de suite. Enfin... je ne sais pas. C'est trop soudain. Mais je ne peux pas rester avec ça sans

chercher la vérité.
Élodie s'assied à côté de moi, semblant réfléchir à son tour.
— Rose, tu es sûre ? C'est un énorme choc. Peut-être que tu devrais prendre un peu de temps pour digérer tout ça avant de te lancer ? Peut-être que ton grand-père s'est trompé.

Je secoue doucement la tête.
— Et s'il ne s'était pas trompé ? Plus je vais attendre, plus je vais hésiter. Je dois savoir, sinon ça va me ronger.
Son regard est doux, compréhensif. Elle hoche lentement la tête.
— Très bien. On le fera ensemble. Quand tu seras prête. Je serai là.

Je ne peux pas rester avec cette lettre sans chercher la vérité. Qui est cet homme ? Pourquoi ma mère ne lui a-t-elle rien dit ? Pourquoi mon grand-père m'a-t-il menti toute ma vie ?
Je lève les yeux vers Élodie, déterminée.
— Tu viens avec moi ?
Elle n'hésite même pas.
— Toujours.
Une force nouvelle, mêlée à de la peur, s'empare de moi.
— Alors… quand part-on ? Demande-t-elle finalement avec un sourire encourageant.
— Bientôt. Donne-moi juste quelques jours.

Elle acquiesce en souriant.
Le mot « part » résonne comme un écho dans ma tête. Jamais je n'aurais imaginé prendre soudainement un train pour Paris à la recherche d'un père que je croyais mort. Pourtant, l'idée me paraît à la fois insensée et terriblement

évidente.

— Je n'ai pas d'économies, je ne sais même pas par où commencer…

Élodie hausse légèrement les épaules, affichant un sourire rassurant.

— Tu oublies que je suis là et que je travaille à mon compte. Tant que j'ai mon ordinateur et une connexion internet, rien ne m'empêche de partir avec toi.

Je souris malgré moi, reconnaissante d'avoir une amie comme elle à mes côtés. Depuis deux ans maintenant, Élodie crée des identités visuelles pour de petites entreprises ou des artisans qui cherchent à développer leur activité. Elle adore ce métier qui lui offre une liberté totale : pas d'horaires fixes, pas de bureaux étouffants, juste elle, son ordinateur et des projets créatifs. Elle ne cesse de répéter à quel point elle aime cette indépendance.

Elle interrompt mes pensées avec un clin d'œil complice.

— Et puis, comme ça, je pourrai facilement t'aider à retrouver ton… enfin, Henry.

Le poids de ce nom suspend un instant la conversation. Son existence demeure si abstraite.

Je cligne des yeux pour refouler l'émotion qui menace de monter. Élodie s'avance et me prend la main.

— On va le trouver, Rose. Je ne sais pas comment, mais on va y arriver. Tu as déjà mis les pieds à Paris ?

— Quand j'étais petite, mais je n'en garde aucun souvenir.

Elle rit, pose un regard amusé sur moi.

— Ça promet. Tu vas avoir besoin d'une guide… ou au moins d'un plan de métro.

Durant plusieurs jours, l'idée du départ tourne en boucle dans ma tête. J'oscille constamment entre peur et excitation. Une multitude de questions sans réponse vient troubler mon sommeil. Et si Henry Beaumont ne veut pas me voir ? S'il me rejette ? Si mon grand-père avait une bonne raison de cacher tout ça ? Malgré mes craintes, la nécessité d'obtenir des réponses, de combler enfin ce vide immense dans ma vie prend peu à peu le dessus.

Chaque jour, Élodie est présente, comme une sentinelle silencieuse veillant sur moi. Un matin, je la trouve assise à ma table basse, penchée sur son ordinateur, les yeux rivés sur une feuille remplie de notes.
— Qu'est-ce que tu fais ? Je demande en m'approchant.

Elle lève les yeux vers moi.
— Je fais une liste de tout ce dont on va avoir besoin. Nos billets de train sont déjà réservés. Départ dans cinq jours. Ça te va ?
C'est maintenant concret et réel.
— Je pense, oui. Enfin, je dois bien le faire, non ?
Elle se lève pour se placer à mes côtés.
— Écoute, Rose… on peut repousser si tu veux. Rien ne presse. Si tu as besoin de plus de temps…
Je hoche la tête, résolue malgré mon appréhension.
— Non, c'est bon.
Elle sourit légèrement, comme pour me signifier qu'elle me comprend sans avoir besoin de mots.
— Parfait. Alors, on continue les préparatifs. Regarde ce que j'ai noté là.

Nous sommes assises ensemble et établissons une liste détaillée, étape par étape. Élodie s'occupe de la logistique, tandis que je commence à emballer mes affaires, pliant chaque vêtement avec soin et réfléchissant à ce que je dois emporter. Je suis consciente que chaque geste m'éloigne un peu plus de mon passé.

La veille de notre départ, assise sur mon lit, je contemple mon appartement désormais ordonné. Plus un seul carton de pizzas, plus une seule pile de vêtements. Chaque chose est à sa place, propre, comme si ce simple geste pouvait apaiser mon esprit autant que mon environnement.

Dans un geste symbolique, je referme doucement le dernier carton qui contient les affaires de mon grand-père.
— Es-tu prête pour demain ? S'enquiert Élodie depuis le pas de la porte de la chambre.

Je lève les yeux vers elle, esquissant un sourire.
— Autant que je puisse l'être.
— Ça va aller, Rose. On est ensemble.

Ce soir-là, j'ai du mal à trouver le sommeil. Ma pensée se tourne vers tous les souvenirs qui ont jalonné ma vie, depuis mes premiers jours jusqu'à cet instant présent, où je suis sur le point d'entreprendre un voyage vers Paris, rempli d'espoir et d'appréhension.
— J'espère que tu seras fier de moi, papy…

Le lendemain matin, lorsque je franchis le seuil de mon appartement, je sens que quelque chose de nouveau m'attend. De la peur, certes, mais aussi de l'espoir, celui que tout puisse enfin prendre un sens. Je ferme la porte, laissant tout derrière moi.

Chapitre 2

Le train file à travers la campagne. Par la fenêtre, le paysage défile dans une brume de gris et de vert, des champs nus sous un ciel chargé. Mon reflet se mêle aux ombres des arbres, qui se superposent au monde extérieur comme un fantôme.

Mon père est en vie.

Cette phrase tourne en boucle dans ma tête. Elle n'a plus rien d'abstrait. Elle est réelle, gravée dans mes os, ancrée au plus profond de moi.

— À quoi penses-tu ?

La voix d'Élodie me ramène à la réalité. Je tourne doucement la tête dans sa direction. Elle est installée devant moi, les bras croisés, un sourcil levé.

— J'essaie d'imaginer à quoi il ressemble.

Elle me fixe, songeuse.

— Tu as cherché des photos de lui sur internet ?

Je secoue la tête.

— Je préfère le découvrir en personne plutôt que d'avoir une image préconçue.

Elle hoche lentement la tête, comme si elle comprenait mon besoin d'authenticité.

— Et tu comptes lui dire qui tu es dès le début ?

Je baisse le regard, fixant un point invisible à l'horizon.

— Non.
— Rose...
— Je dois être sûre. Je ne peux pas débarquer comme ça et dire : « Salut, je suis ta fille. »

Elle pousse un soupir et tapote du doigt la table qui se trouve entre nous.

— C'est quoi ton plan ?

Je sors un papier de mon sac et je le dépose devant elle. C'est une annonce imprimée en noir et blanc.

— L'Hôtel Beaumont recrute des femmes de chambre.

Les iris d'Élodie s'agrandissent.

— Attends... Tu veux travailler dans son hôtel ?
— C'est la meilleure façon de l'aborder sans qu'il ne se doute de rien.

Elle me regarde un moment avant de secouer la tête, à la fois amusée et préoccupée.

— Tu plaisantes, j'espère ?

— Non, je suis très sérieuse.

Elle éclate soudainement de rire.

— Rose Delacourt, femme de chambre infiltrée... Ça fait penser à une mauvaise série télévisée.

— Je n'ai pas d'autre choix.

Son sourire s'estompe légèrement.

— Et après ?

Je prends une grande inspiration.

17

— Je ne sais pas encore. Mais une chose est sûre... je ne repars pas sans réponses.

* * *

L'hôtel Beaumont se tient devant moi, majestueux et imposant. Sa façade immaculée scintille sous la clarté pâle de Paris. Les fenêtres hautes, encadrées de dorures subtiles, évoquent les nuages en mouvement. Devant l'entrée, un grand escalier mène à une porte tournante en verre. De l'autre côté, des valets en uniforme accueillent les clients, descendant de voitures de luxe.
Mon cœur se serre dans ma poitrine.
— Tu peux toujours faire demi-tour, me souffle Élodie à l'oreille.

Je serre les dents et je continue. L'intérieur est encore plus impressionnant. Le hall est baigné d'une lumière dorée tamisée par de gigantesques lustres en cristal. Le sol en marbre, orné de veines dorées, reflète chaque image. Des ombres gracieuses flottent dans l'espace, tandis que des employés en uniforme s'activent furtivement. Tout ici respire l'opulence et le pouvoir. Je me dirige vers le comptoir d'accueil et essaie de calmer mes nerfs.
— Bonjour, je suis là pour mon entretien d'embauche avec Mme Laurent.

La réceptionniste, dont les longs cheveux noirs sont soigneusement attachés en un chignon, m'observe rapidement avant de hocher légèrement la tête.
— Veuillez vous asseoir. Je vais aller la chercher.

Je m'assieds sur une chaise en velours, tentant de calmer les battements frénétiques de mon cœur. Mon regard parcourt le hall jusqu'à ce que mes yeux se posent sur lui. Henry Beaumont.

Je le reconnais instinctivement, non pas parce que je l'ai déjà vu, mais parce que quelque chose en lui résonne en moi.

Il est élégant et charismatique. Son costume sombre, parfaitement ajusté, met en évidence une posture droite et assurée. Ses cheveux poivre et sel sont légèrement décoiffés, un contraste frappant avec l'autorité qu'il dégage. Son regard perçant balaie la réception, examinant tout avec une précision presque militaire.

Mon père.

Ma gorge se serre. Je voudrais me lever, courir vers lui, lui crier que j'existe. Mais je ne bouge pas, paralysée, incapable de respirer. Il avance vers le bureau, entame une conversation calme et assurée avec l'hôtesse, avant de disparaître derrière une porte privée.

Alors que je me remets à peine de mes émotions, une femme d'environ quarante ans s'avance vers moi.
— Mademoiselle Delacourt ?
Je bondis presque de mon siège.
— Oui, c'est moi.
— Suivez-moi, nous allons commencer l'entretien.

Je prends place devant Madame Laurent, le dos droit et mon regard fixé sur elle. Son bureau est parfaitement ordonné et décoré avec goût. Elle parcourt lentement mon CV, levant parfois les yeux vers moi avec une expression difficile à déchiffrer.

Finalement, elle pose le document sur son bureau et me regarde droit dans les yeux.
— Je suis curieuse de comprendre votre intérêt pour ce poste, Mademoiselle Delacourt, compte tenu de votre expérience limitée dans l'hôtellerie et de votre période de chômage prolongée. Pourquoi choisissez-vous précisément ce poste chez nous ?

Sous son regard perçant, mon cœur s'emballe, mais je parviens à maintenir une voix posée.
— Je cherche à prendre un nouveau départ, Madame. J'ai traversé des moments difficiles récemment et je crois que travailler dans un environnement structuré pourrait m'aider à retrouver un certain équilibre.
Ses sourcils se froncent légèrement, tandis que ses doigts tambourinent distraitement sur le bureau.
— J'ai bien compris votre situation. Toutefois, il est important de noter que votre expérience professionnelle dans le domaine de la santé est assez différente de nos métiers actuels. Pourriez-vous nous expliquer ce qui vous a incitée à postuler pour ce poste, Mademoiselle Delacourt ?

Je suis prise au dépourvu par sa question directe. Je m'efforce de maintenir son regard, répondant avec le plus de sincérité possible.
— Je comprends parfaitement vos interrogations, Madame Laurent. Mes motivations sont celles que je vous ai exprimées. Je dois me reconstruire et je suis prête à m'investir pour réussir ce changement.

Elle me regarde attentivement, scrutant chacune des expressions sur mon visage, puis, après un long moment, elle acquiesce.

— Très bien, mademoiselle Delacourt. Nous éprouvons actuellement des difficultés à embaucher du personnel fiable et enthousiaste. Je suis prête à vous offrir une période d'essai d'une semaine. Toutefois, sachez que je resterai très attentive à vos moindres faits et gestes. En cas d'insatisfaction de ma part, notre entente serait résiliée sur-le-champ. Sommes-nous bien d'accord là-dessus ?

Je respire enfin, soulagée, mais consciente que je marche sur une corde raide.
— Absolument, Madame. Je ne vous décevrai pas.

Quand elle referme son dossier et me tend la main, j'ai du mal à y croire.
Bienvenue à l'hôtel Beaumont, Rose. Vous commencez à travailler demain matin.

Mon cœur bat la chamade alors que je sors du bureau. Élodie m'attend dans un café en face de l'hôtel, son café encore fumant devant elle.
— Alors ?
Je me laisse tomber sur la chaise, l'esprit encore engourdi par la nouvelle.
— J'ai le job.
Ses yeux s'agrandissent.
— Putain… (Elle secoue la tête). Tu réalises ce que ça veut dire ?
Je hoche la tête lentement.
— Demain, je commence à travailler pour mon père.
Élodie me dévisage.
— Et après ?
Je prends une grande inspiration.

— Je vais découvrir qui il est. Avant qu'il ne découvre qui je suis.

Paris est un tourbillon. Bruyant, vivant, immense, tout me semble irréel. L'idée même de rester ici, dans cette ville qui ne dort jamais, m'étouffe et m'excite en même temps. Nous avons besoin d'un endroit où loger, ni Élodie ni moi n'avons prévu de dormir dans un hôtel hors de prix.

— Bon, que fait-on ? Dis-je en tirant mon sac sur mon épaule.

Élodie, téléphone en main, fronce les sourcils.

— Tu te souviens de mon cousin Thomas ?

Je plisse les yeux.

— Celui qui change de ville tous les six mois ?

— Exactement. Figure-toi qu'il bosse à Londres en ce moment et qu'il loue son appartement. Je l'ai appelé avant que nous partions.

— Et donc ?

— J'ai une bonne et une mauvaise nouvelle... Je commence par laquelle ?

— Euh... La bonne ?

— La bonne : son appartement est disponible. La mauvaise : Thomas pensait qu'on arrivait demain. Son appart' est encore occupé jusqu'à demain midi.

Je suis à la fois soulagée et intriguée.

— Bon... C'est déjà pas mal. On fait quoi en attendant ?

Élodie sort à nouveau son téléphone.

— Je vais nous trouver un truc pour cette nuit, ne t'inquiète pas.

22

Deux heures plus tard, on se tient devant la façade d'un petit hôtel presque miteux à deux pas d'une gare bruyante. Le panneau clignotant « Chambres disponibles » me rebute, mais nous n'avons pas vraiment le choix, c'est le seul hôtel disponible à petit prix près de l'hôtel Beaumont. Le contraste entre les deux est incroyable.

La réceptionniste, une femme d'une cinquantaine d'années à l'expression lassée, nous examine sans enthousiasme.

— Une seule chambre dispo, deux lits simples. C'est au troisième étage, sans ascenseur.

En montant l'escalier étroit et mal éclairé, je sens chaque marche grincer sous mes pieds. Dès que nous pénétrons dans la chambre, une odeur de renfermé m'envahit brutalement. Un des murs est couvert d'humidité, et les deux petits lits aux draps douteux sont serrés dans l'espace exigu.

Élodie ferme la porte derrière nous avec une moue désolée.

— Désolée Rose, j'aurais voulu mieux pour notre première nuit à Paris…

Je m'installe au bord du lit, luttant pour dissimuler mon abattement. L'euphorie du départ commence à retomber.

— Ce n'est pas grave, dis-je en essayant de sourire. C'est juste pour cette nuit.

Élodie me lance un regard rassurant avant de jeter son sac sur l'autre lit.

— Exactement, juste une nuit. Demain, on oublie tout ça et on passe à autre chose.

Une fois nos affaires posées, la nuit est tombée et l'appel de la ville se fait sentir. Paris est là, derrière les fenêtres vibrantes… et rester à attendre dans cet hôtel ? Non merci.

Les rues du onzième arrondissement s'illuminent sous la lueur jaune des réverbères et l'énergie parisienne me frappe de plein fouet. Des groupes de gens attablés en terrasse, des rires, des discussions qui fusent… C'est comme plonger dans un autre monde.

— Ça te va si on se trouve un restau simple, un truc de quartier ? Demande Élodie.

— Oui, ça me dit bien. Quelque chose d'authentique, loin des attrape-touristes.

On s'installe finalement dans une petite brasserie qui ne paie pas de mine : devanture rouge, chaises en osier, serveurs en chemise blanche, pressés mais souriants. L'intérieur sent le bon vin, la sauce mijotée et l'odeur du pain frais.

Je commande un verre de vin rouge, Élodie se laisse tenter par un kir. Des photos anciennes ornent les murs de la brasserie : quelques clichés de Paris en noir et blanc, des célébrités passées par là sans doute, et on entend en fond un vieux disque de jazz français. La chaleur du lieu nous enveloppe agréablement, loin de l'air glacial qui règne dehors.

— À Paris… et à tes retrouvailles futures, glisse Élodie en levant son verre.

Je souris, un mélange de gratitude et de peur me saisit.

— À Paris, oui… et à ce nouvel épisode de ma vie, dis-je en trinquant, la gorge un peu serrée.

La première gorgée de vin a un goût d'aventure et de nostalgie mêlées. Au fond de moi, je sais que tout peut changer dès que j'aurai retrouvé Henry.

Après le dîner, nous marchons dans les rues un instant, serrées dans nos manteaux. L'air parisien a cette odeur particulière de goudron, de boulangerie encore ouverte, de gaz d'échappement mêlés à la promesse de la nuit. Les façades haussmanniennes s'habillent comme un décor de théâtre, et les balcons de fer forgé se découpent sur un ciel couleur d'encre.

Nous rentrons finalement à l'hôtel repues et épuisées. Je m'installe sur le lit, un peu nerveuse à l'idée de la journée qui m'attend demain : mon premier contact avec l'hôtel Beaumont.

Quand j'éteins la lumière, j'ai l'impression d'avoir déjà parcouru un chemin immense. Je m'endors en répétant mentalement les phrases que je pourrais dire à Henry, tout en anticipant ses réactions. La quête commence à peine, et déjà, je ne suis plus la même.

Élodie s'effondre sur son lit et soupire.

— Bon, maintenant que le problème du logement sera réglé demain… on peut se concentrer sur l'essentiel.

Je me laisse tomber à côté d'elle.

— Mon père.
— Exact. Une chambre glauque, une quête familiale… franchement, on tient un scénario.

Nous éclatons de rire, puis nos regards se croisent dans un silence complice, et je laisse mes paupières se baisser. Demain, je commencerai à travailler pour lui. Je ne me suis jamais sentie aussi prête.

Chapitre 3

Le matin est glacial, mais je ne ressens pas le froid. Pas vraiment. Une nervosité teintée d'excitation chasse toute autre pensée de mon esprit. Je me tiens devant l'hôtel Beaumont, vêtue de mon nouvel uniforme : une robe noire sobre, un tablier blanc noué autour de ma taille et des chaussures noires plates. Une tenue passe-partout, destinée à me rendre invisible parmi le personnel.
C'est parfait.
Je retiens brièvement ma respiration avant d'entrer avec assurance. L'intérieur est tout aussi imposant que la veille. L'odeur subtile de fleurs fraîches flotte dans l'air, mêlée au parfum du café et du bois ciré. À cette heure matinale, seuls quelques clients traversent le hall, tirant des valises derrière eux ou consultant leurs téléphones d'un air affairé.
— Rose ?
Je me retourne pour voir une femme d'une cinquantaine d'années s'approcher de moi. Son regard perçant me scrute de la tête aux pieds.

— Oui, bonjour, dis-je en esquissant un sourire poli.
— Je suis Marie, la gouvernante en chef. Suivez-moi, je vais vous expliquer votre travail.

Je la suis sans un mot, absorbant chaque détail du décor. Les lustres en cristal, les moquettes épaisses, les murs ornés de tableaux d'époque... Un monde qui n'a jamais été le mien. Nous passons une porte discrète et nous nous retrouvons dans les coulisses de l'hôtel. Tout change immédiatement, les couloirs sont plus étroits, les murs blancs dénués de décoration, et le personnel s'active en silence.

— Votre travail est simple, annonce Marie en ouvrant la porte d'une petite salle où plusieurs femmes s'affairent. Chaque matin, vous aurez une liste de chambres à nettoyer. Vous suivez les instructions, vous ne laissez aucun détail au hasard. Nos clients exigent la perfection.

J'acquiesce en silence.
— Chloé, viens ici.

Une jeune femme blonde, à peine plus âgée que moi, s'approche avec un sourire en coin.

— Voilà Rose, notre nouvelle recrue. Montre-lui comment on travaille.

Chloé m'adresse un regard malicieux.

— T'inquiète, je ne vais pas te torturer dès le premier jour.

J'attrape un chariot et la suis dans le couloir.

— Prête à découvrir les joies du ménage cinq étoiles ?

Je découvre rapidement le rythme effréné du travail de femme de chambre. Draps à changer, serviettes à plier parfaitement, vitres à essuyer, sans laisser de traces. Chaque détail compte. Chloé

27

est bavarde, ce qui me permet de me détendre un peu. Elle me parle des clients extravagants, des demandes absurdes, des employés qui craquent sous pas la pression.
— Et le patron ? Dis-je, feignant l'indifférence.
Chloé sourit.
— Henry Beaumont ? Un homme de glace. Toujours impeccablement habillé, toujours en contrôle.
— Il est… difficile ?
— Non, juste exigeant. Il ne crie jamais, il ne s'énerve pas. Mais si tu fais une erreur, tu le sauras.

Alors que nous terminons une chambre au quatrième étage, une voix masculine me fait sursauter.
— Chloé ?
Je me retourne brusquement.
Il est là.
Mon père.
Je me fige immédiatement.
Il est là, à quelques mètres à peine, imposant, inspectant la pièce avec un regard précis. Il ne m'a pas encore vue.
Chloé lui sourit avec politesse.
— Bonjour, Monsieur Beaumont.
Il opine d'un signe de tête.
— Tout est impeccable ?
— Bien sûr, Monsieur.
Son regard glisse alors vers moi.
Je m'ancre sur place, luttant pour figer mes traits.
Vous êtes nouvelle ?
Sa voix est grave, posée, elle me traverse comme une décharge électrique.
— Oui, Monsieur.
— Comment vous appelez-vous ?
Mon nom de famille me brûle les lèvres. Je l'avale juste à temps.

— Rose.

Son regard s'attarde un instant sur moi. Puis, il acquiesce.
— Bienvenue. Faites du bon travail.
Et il s'éloigne.
Je reste paralysée, le souffle court, le cœur affolé. Il ne m'a pas reconnue. Évidemment. Comment aurait-il pu ?
— Eh bien, tu as survécu à ton premier face-à-face avec le grand patron, plaisante Chloé.

Je lui offre un sourire crispé, mais à l'intérieur, je suis en feu. J'ai parlé à mon père.

La journée passe à une vitesse folle. Les chambres s'enchaînent, les couloirs se remplissent et se vident au gré des clients, et peu à peu, je m'habitue au rythme.
Mais mon esprit est ailleurs.

Chaque fois que je croise mon père dans les couloirs ou que je l'aperçois à travers une porte entrebâillée, mon cœur se serre. J'observe ses gestes, sa façon de parler aux employés, son autorité naturelle. J'essaie de deviner l'homme qu'il est, celui qu'il aurait pu être pour moi si les choses avaient été différentes.

En fin d'après-midi, alors que je range mon chariot dans l'office, Chloé me tape sur l'épaule.
— Viens, je vais te présenter quelqu'un. C'est le responsable des médias sociaux de l'hôtel.
Intriguée, je la suis jusqu'au bar de l'hôtel. L'endroit est élégant, baigné d'une lumière tamisée qui donne aux lieux une ambiance feutrée. Les fauteuils en velours, les

29

bouteilles soigneusement alignées derrière le comptoir, les conversations discrètes... Tout ici n'est que luxe et exclusivité.

Chloé s'arrête près du comptoir et pose une main sur l'épaule d'un homme assis, accoudé avec une nonchalance maîtrisée.

— Hé, Julien, je te présente Rose, la nouvelle.

Il se tourne vers moi et, instantanément, mon cœur s'emballe, submergé par une émotion inattendue, presque magnétique. Son regard accroche le mien, et je me fige.

Ses yeux... d'un bleu clair perçant, presque glacé sous la lumière du bar. Un regard profond qui m'observe avec une attention déstabilisante. Ses traits sont à la fois marqués et harmonieux, une mâchoire ciselée et une barbe de quelques jours qui lui donnent un air faussement négligé. Son nez est droit, bien dessiné, ses lèvres... pleines, un peu trop tentantes, légèrement étirées dans un sourire en coin qui a tout d'un jeu.

Ma gorge se serre, mes yeux restent accrochés aux siens.
Ses cheveux bruns, légèrement ondulés, sont coiffés avec cette fausse désinvolture qui donne envie d'y glisser les doigts. Tout en lui semble naturel, sans effort, et pourtant irrésistiblement captivant.
Et son corps...
Grand, élancé, sans être trop fin. Une silhouette qui respire l'assurance : épaules larges, avant-bras légèrement musclés dévoilés par les manches retroussées de sa chemise blanche. L'étoffe légèrement ouverte à l'encolure laisse entrevoir un bout de sa peau hâlée et la ligne subtile de sa clavicule. Ce détail insignifiant me trouble plus qu'il ne le devrait. Tout

en lui est fait pour attirer l'attention sans en avoir l'air.
Et ça marche.
— Enchantée, Rose.
Sa voix grave, légèrement rauque me tire de ma contemplation. Un frisson me parcourt et mon cœur rate un battement. Je veux répondre, mais j'ai besoin d'une seconde pour retrouver mon souffle.
Il m'observe, amusé, comme s'il avait déjà compris ce qui se passe en moi. Comme s'il savait qu'il provoquait exactement cette réaction.
— Enchanté, répète-t-il avec ce même sourire en coin, un brin provocateur.

Je ne devrais pas me sentir aussi troublée. Et pourtant, tout mon corps réagit à sa présence.
Je me ressaisis et lui rends son sourire, essayant d'adopter un air naturel malgré le tourbillon d'émotions en moi.
— Moi de même.
Chloé s'installe sur un tabouret de bar et tapote celui à côté d'elle, m'invitant à m'asseoir.
— Allez, tu as bien mérité une petite pause après cette première journée.
Julien soutient mon regard, un brin de malice dans les yeux, l'air intrigué, et je me dis que quelques minutes ne feront pas de mal.
Je prends place.
— Alors, tu viens d'arriver ici ? demande Julien en prenant une gorgée de son cocktail.
— Oui. Première journée aujourd'hui.
— Et ça s'est bien passé ?
— C'était fatigant, mais j'ai survécu.
Il sourit.

— Tu as l'air plus résistante que la plupart des nouvelles recrues.

Je hausse un sourcil.

— Tu dis ça comme si tu les voyais défiler tous les jours.

— C'est un peu le cas. Je traîne souvent ici, j'ai grandi dans cet hôtel.

— Comment ça ?

— Oh, Julien est le fils de M. Pelinot, ajoute Chloé. Le deuxième directeur de l'hôtel.

— Je…

Une sensation désagréable me serre la poitrine. Et pourtant, je n'arrive pas à détacher mon regard du sien.

— Et toi, pourquoi es-tu là ? demande-t-il en posant son coude sur le bar, l'air faussement détendu.

Je retiens une seconde ma réponse instinctive. Pour retrouver mon père, pour savoir qui il est vraiment. Au lieu de ça, je hausse les épaules.

— Besoin d'un boulot.

Julien hoche la tête, semblant accepter ma réponse sans chercher à en savoir plus.

— Et sinon, tu aimes Paris ?

Je joue avec le bord de mon verre vide, cherchant mes mots.

— Je ne sais pas encore. C'est la première fois que je viens.

Son sourcil se hausse légèrement.

— Vraiment ?

— Oui.

— Intéressant.

Il ne donne pas plus d'explications, mais ses yeux me

scrutent avec intérêt. Une tension subtile flotte entre nous, entre attirance et prudence. Je ne devrais pas ressentir ça, pas maintenant.

— Bon, je vous laisse, annonce Chloé en se levant. J'ai une série à finir et une pizza qui m'attend chez moi.

Julien et moi sourions, et je me lève aussi.

— Moi aussi, je devrais y aller.

— Déjà ?

— J'ai eu une longue journée.

Julien incline légèrement la tête.

— Dans ce cas, je ne vais pas te retenir. Mais si jamais tu as besoin d'un guide pour découvrir Paris...

Il laisse sa phrase en suspens, son sourire en coin toujours présent.

Un sourire discret me trahit malgré moi.

— J'y penserai.

Je tourne les talons et quitte le bar, mon cœur battant plus vite que je ne l'aurais voulu.

Je termine mon service, distraite par mes pensées. Une fois changée, je quitte l'hôtel en tentant de calmer mon agitation intérieure. Élodie m'attend devant l'entrée avec un sourire lumineux.

— Alors, prête à voir notre nouvel appart' ? annonce-t-elle joyeusement.

Je suis impatiente à l'idée de le découvrir. En marchant vers le métro, Élodie me jette un regard curieux.

— Mais, raconte-moi, comment s'est passée ta première journée ?

— J'ai croisé Henry... je lui ai parlé !

Élodie écarquille les yeux.

— Alors ?
— C'était seulement quelques secondes. Rien d'important, mais… c'était étrange, dis-je. Je voulais lui poser tellement de questions.

Elle me serre brièvement le bras, comme pour me rassurer.
— Oui, je comprends. Un pas après l'autre, Rose.

Je lui souris.
— Et pour l'appartement ? Tu peux m'en dire un peu plus. Combien doit-on payer ?

Élodie me lance un regard faussement offusqué.
— Pour qui tu me prends ? Il nous le prête ! Juste une participation aux charges.

Je cligne des yeux, stupéfaite.
— C'est sérieux ?
— Thomas adore se sentir utile, dit-elle en rigolant.
— Suis-moi, on arrive.

L'appartement de Thomas est niché au quatrième étage d'un immeuble ancien. Un escalier en colimaçon grinçant nous mène jusqu'à une porte en bois massif, que nous ouvrons avec le double des clés récupérées par Élodie plus tôt dans la journée.

Dès que je mets un pied à l'intérieur, une vague de soulagement m'envahit. L'endroit est petit, mais cosy. Un salon baigné de lumière, avec un canapé en velours bleu nuit, une table basse en bois brut, et des étagères remplies de livres et de vinyles. Une cuisine ouverte, un couloir étroit menant à deux chambres. L'une est assez spacieuse, avec un lit double revêtu d'un patchwork chamarré. L'autre est plus petite, plutôt un bureau transformé en chambre d'appoint, mais qui fera très bien l'affaire pour Élodie ou moi.

— Pas mal du tout, hein ? souffle Élodie en posant son sac sur le sol.

Je tourne sur moi-même, observant chaque détail.

— C'est... parfait.

Ce petit appart' sera notre refuge pour les semaines à venir. Le lendemain matin, je reprends mon service avec une étrange excitation. Travailler ici, dans cet immense hôtel de luxe, me semble encore irréel. Tout est parfait, trop parfait. Des couloirs immaculés aux employés qui se déplacent avec une précision millimétrée, tout semble orchestré comme une immense pièce de théâtre. Mais mon objectif ne change pas. Je dois me rapprocher de mon père.

Si je veux un jour lui parler, je dois d'abord comprendre qui il est.
Je suis affectée aujourd'hui aux chambres du cinquième et du sixième étage. Les suites les plus prestigieuses, celles réservées aux clients les plus fortunés. Marie souhaite probablement me tester.
Ce sont les suites qu'Henry visite régulièrement. Je profite de chaque instant pour l'observer discrètement.
Il est impressionnant, toujours habillé avec une élégance sobre. Il se déplace dans les couloirs avec aisance, aussi discret qu'omniprésent. Je note rapidement son habitude de tout vérifier.

Un cadre mal aligné, une porte légèrement entrouverte, un employé mal positionné... il voit tout. Il ne parle pas beaucoup, mais, quand il le fait, les gens l'écoutent. Non par peur, mais par respect.
Je m'attendais à ce qu'il soit plus... froid, distant. Je ne sais pas encore quoi penser de lui.

Mais une chose est sûre, ce n'est pas un homme ordinaire. Pendant ma pause, je retrouve Chloé dans l'office du personnel.

Elle est assise sur une chaise, un café à la main, l'air plus détendue qu'hier.

— Alors, Rose, tu t'intègres bien ? me demande-t-elle en me faisant signe de m'asseoir à côté d'elle.

Je hoche la tête.

— Oui, j'aime bien l'ambiance.

Elle sourit.

— Tant mieux. Ce n'est pas toujours facile au début.

Elle prend une gorgée de café, puis ajoute :

— Et tu as croisé le grand patron ?

— Monsieur Beaumont ? Oui, je l'ai vu ce matin.

Chloé rit doucement.

— Henry, ouais. Toujours aussi sérieux, hein ?

Je hausse les épaules.

— Il a l'air strict.

— Il l'est, mais il est juste. Il veut que tout soit parfait, mais il ne rabaisse jamais ses employés.

Elle fait tourner distraitement sa cuillère dans sa tasse.

— Henry et Marc sont de bons patrons, même si j'ai une préférence pour Marc.

Je marque un léger temps d'hésitation.

— Le père de Julien ?

Elle semble surprise.

— Tu ne l'as pas encore croisé ?

— Non, pas encore.

Elle sourit.

— Ça viendra. Henry et lui dirigent cet hôtel ensemble.

J'avais vu son nom partout, sur les documents, dans les articles de presse…

— Ils sont associés depuis longtemps ? dis-je d'un ton innocent.
Elle acquiesce.
— Oh oui. Ils sont amis d'enfance.
Cette fois, je me fige légèrement.
— Amis d'enfance ?
— Oui, ils ont grandi ensemble. Et ils ont construit cet hôtel ensemble. Enfin... disons que c'est surtout Henry qui gère le concret. Marc est plus dans la communication et les relations publiques.
Je masque mon trouble derrière une gorgée de thé. Henry et Marc sont inséparables depuis toujours ? Ce détail me perturbe. Et si Marc faisait aussi partie de mon histoire ? Ma mère connaissait-elle Marc ? Si je veux percer le mystère de mon passé, je vais devoir m'intéresser aux deux hommes.
Chloé me fait signe qu'elle reprend. Je termine mon thé tout en essayant d'organiser mes pensées.
C'est à ce moment-là que Julien entre. Je le remarque immédiatement. Il est toujours vêtu de sa chemise légèrement déboutonnée, un sourire nonchalant sur les lèvres, mais, cette fois, quelque chose dans son regard semble plus curieux.
— Alors, ta première journée seule ? demande-t-il.
Je soupire.
— Fatigante.
— Tu vas t'y faire.
— J'espère.
Il m'observe un instant avant de marcher tranquillement vers la porte. Puis, il s'arrête et se tourne vers moi.
— Tu veux voir un truc sympa avant de reprendre ?
Je plisse les yeux.
— Un truc sympa ?
— Ouais. Un endroit que les clients ne voient jamais.

Je devrais probablement refuser, mais quelque chose en moi me pousse à dire oui.
— D'accord.
Son sourire s'élargit.
— Suis-moi.
Il me guide à travers les couloirs du personnel, prenant des passages que je n'ai pas encore découverts. Nous montons un escalier étroit et débouchons sur une vieille porte en bois. Julien pousse la porte et me fait signe d'entrer.
Derrière, une verrière immense s'ouvre sur tout le jardin intérieur de l'hôtel. La lumière dorée du soleil couchant baigne l'endroit d'une douce chaleur.

C'est... magique.

Je m'approche lentement, observant la vue imprenable sur les terrasses et les fontaines en contrebas.
— Personne ne vient ici ? dis-je en murmurant.
— Presque personne.
Julien s'accoude à la rambarde, le regard absent.
— C'est un peu mon refuge... Je viens ici quand j'ai besoin de souffler, ou de fuir.
Il marque une pause, esquisse un sourire triste.
— Mon père pense que je suis prêt à reprendre les rênes. Mais parfois, j'en doute.
Je me tourne vers lui.
— Pourquoi tu me le montres ?
Il sourit légèrement.
— Je ne sais pas. Peut-être parce que tu as l'air d'aimer observer autant que moi.
Un trouble soudain me traverse. Je me tiens face à la verrière, absorbée par la beauté du jardin intérieur. L'hôtel, vu d'ici, semble presque irréel. Un endroit figé dans le temps, où chaque détail semble parfaitement calculé.

Julien est toujours accoudé à la rambarde, m'observant discrètement.

— Tu trouves ça comment ? finit-il par dire, après un moment de silence.

Je prends une inspiration.

— Apaisant... et, en même temps, intimidant.

Il hoche la tête lentement.

— C'est exactement ça. C'est un endroit où tout semble parfait de l'extérieur... mais à l'intérieur, c'est une autre histoire.

Je tourne la tête vers lui. Il a un air pensif, son sourire malicieux légèrement atténué.

— Tu ne l'aimes pas, cet hôtel ? dis-je, intriguée.

Il réfléchit une seconde avant de répondre.

— Si, je l'aime... mais je ne l'idéalise pas.

Je note l'ombre qui passe brièvement dans son regard.

— Pourquoi ?

Il esquisse un sourire amusé, comme s'il se trouvait ma question trop directe.

— Tu as toujours été aussi curieuse ?

Je souris.

— Tu parles beaucoup pour quelqu'un qui pose autant de questions.

— D'accord, on est quittes.

Il s'écarte de la rambarde et se redresse.

— Allez, je te raccompagne. Si tu restes trop longtemps ici, on va finir par croire que je t'ai kidnappée.

Je lève les yeux au ciel en le suivant hors de la verrière. Mais une sensation étrange me traverse. Comme si cette conversation n'était que le début de quelque chose.

Sur le chemin du retour, nous croisons quelques employés qui nous saluent rapidement. Je remarque que Julien est à l'aise avec tout le monde. Il échange quelques mots avec le personnel du bar, plaisante avec la réceptionniste. Il a cette aisance naturelle, ce côté accessible qui contraste avec la rigidité que j'ai remarquée chez Henry. Il ne se définit pas seulement comme le « fils de », il fait partie de cet hôtel. Et moi... je reste encore une étrangère ici.

Nous arrivons devant l'ascenseur menant aux vestiaires du personnel.
Julien s'arrête et me regarde.
— Alors, première impression sur l'hôtel ?
— C'est... au-delà de ce que j'imaginais.
Il sourit légèrement.
— Ça veut dire quoi, ça ?
— Que cet endroit est impressionnant, mais aussi... étrange.
Il hausse un sourcil, visiblement intrigué.
— Étrange ?
Je relève les épaules.
— Tout semble parfait en apparence, mais j'ai l'impression qu'il y a plus que ce qu'on veut bien montrer.
Julien rit doucement et secoue la tête.
— Oui, ça, c'est sûr.
Son regard devient un instant plus sérieux.
— Tu verras, ici, tout le monde joue un rôle.
— Même toi ?
Un éclat malicieux traverse son regard.
— Surtout moi.
Nos regards s'attardent brièvement l'un sur l'autre, ravivant cette légère tension entre nous. Ce n'est pas simplement une conversation légère. C'est une façon de se jauger, de tester l'autre.
Et je sais déjà que Julien Pelinot ne sera pas une présence anodine dans mon séjour ici.

Les portes de l'ascenseur s'ouvrent, mais je ne bouge pas tout de suite. Julien non plus. Comme si aucun de nous deux ne voulait vraiment couper ce moment.
Finalement, il incline légèrement la tête.
— C'est mystérieux, Rose.
Je souris doucement.
— Et toi, tu parles trop.

Il éclate de rire, puis recule d'un pas, me laissant entrer dans l'ascenseur. Juste avant que les portes ne se referment, nos regards se croisent une dernière fois.

Quand je rentre à l'appartement, Élodie est déjà installée sur le canapé, enroulée dans un plaid, une tasse de thé fumant entre les mains.
Elle lève immédiatement les yeux vers moi et plisse les paupières, une lueur curieuse dans le regard.
Alors, cette deuxième journée ?
Je soupire en retirant mes chaussures, encore troublée par tout ce qui s'est passé.
— Fatigante, longue...
Je me laisse tomber à côté d'elle et ferme les yeux un instant. Mais je sais déjà qu'elle ne va pas me laisser tranquille.
— Et ? insiste-t-elle, malicieusement.
Je garde les yeux fermés.
— Et quoi ?
— Tu sais très bien quoi. Tu rentres avec une tête bizarre. Et ce n'est pas la fatigue, Rose.
Je ris légèrement avant de rouvrir les yeux.
— D'accord, d'accord. J'ai... fait connaissance avec quelqu'un.

Ses yeux s'illuminent immédiatement.
— QUOI ? Elle se redresse brusquement. Attends, attends... Raconte-moi tout !
Je secoue la tête, amusée par son excitation.
— Ce n'est pas ce que tu crois.
— Rose. Par pitié, épargne-moi tes détours et crache le morceau.
— D'accord... Je l'ai rencontré hier, mais aujourd'hui, on s'est un peu plus parlé. Il s'appelle Julien.
Elle fronce légèrement les sourcils.
— Julien... ?
Je hoche la tête.
— Julien Pelinot.
Ses yeux s'écarquillent.
— Attends... Julien Pelinot ? Comme le 2e gars de l'hôtel ? J'ai fait des recherches sur internet aujourd'hui.
Je souris en coin.
— Exact.
Elle cligne plusieurs fois des yeux, visiblement sous le choc.
— Ouah. D'ACCORD. Je ne m'attendais pas à ça...
Elle secoue la tête, puis me donne un léger coup sur l'épaule.
— Mais qu'est-ce que tu fais ?
— Quoi ?
— Tu t'es mise dans le radar du fils Pelinot en moins de deux jours ! Tu es censée être discrète, pas te faire remarquer par LA famille de l'hôtel !
Je lève les mains en signe d'innocence.
— Ce n'est pas comme si j'avais cherché à le croiser !
— Ouais, ouais... Elle plisse les yeux. Et alors, c'était quoi, ce fameux « moment » ?
Je me cale un peu mieux contre le dossier du canapé et commence à lui raconter.

— Après mon service, il est venu me parler. Au début, c'était juste un échange banal, mais... je ne sais pas. Il y avait cette espèce d'alchimie étrange.

Élodie me fixe intensément, pendue à mes lèvres.

— Développe. « Alchimie étrange », c'est trop vague.

— Il a une façon de te regarder... Comme s'il te voyait vraiment. Comme s'il cherchait à lire entre les lignes.

— Et ça t'a perturbée ?

Je hausse les épaules, mais je sais très bien que la réponse est oui.

— Un peu. Il m'a emmenée dans un endroit secret de l'hôtel, une verrière incroyable qui donne sur tout le jardin intérieur.

— Il t'a emmenée dans un endroit secret ?!

— Ce n'est pas ce que tu crois, dis-je en riant.

— Ah ouais ? Elle croise les bras, sceptique. Moi, je pense que monsieur Pelinot t'a trouvée vachement intéressante pour une simple nouvelle employée. Tu dois faire attention. Tu m'as dit que tu voulais que personne ne sache qui tu es vraiment.

Je baisse les yeux, réfléchissant à ce qu'elle vient de dire.

Je voulais passer inaperçue, mais au lieu de ça, Julien m'a remarquée. Et le pire, c'est que je ne suis même pas sûre de vouloir qu'il m'oublie.

Élodie soupire et secoue la tête avec un sourire.

— Bon, et à part le danger potentiel... il t'a plu, au moins ?

Je lève les yeux vers elle, hésitante. Elle sourit encore plus.

— Rose. Ne mens pas.

— Il est... intrigant.

Elle éclate de rire.

— « Intriguant » ? C'est comme ça que tu appelles un mec sexy, mystérieux et qui t'emmène sous une verrière secrète après deux jours de boulot ?
Je ris à mon tour.
— Je ne suis pas là pour ça, Élodie.
— Ouais, ouais…
Elle prend une gorgée de thé avant d'ajouter.
— Mais si tu étais là pour ça, avoue que ça commençait bien.
Je ne réponds rien, mais je sens mes joues chauffer légèrement parce que je sais qu'elle n'a pas tort.

Cette nuit-là, en m'allongeant dans mon lit, je repense encore à Julien. Je suis venue ici pour retrouver mon père, mais peut-être que, sans le vouloir, j'ai déjà trouvé quelqu'un qui va bouleverser bien plus que mon passé.

Chapitre 4

Le lendemain matin, je m'efforce de recentrer mon esprit sur l'essentiel. Hier, j'ai peut-être trop laissé Julien occuper mes pensées. Mais aujourd'hui, je vais me concentrer sur Henry.

La matinée passe lentement. Je nettoie les chambres, plie le linge, tout en restant attentive à mon environnement. Je guette une opportunité, un moment où Henry sera seul. Un instant où je pourrai lui parler, sans que ça semble étrange, et finalement, l'occasion se présente. Je viens de terminer une suite au sixième étage quand je l'aperçois.

Il se tient dans le couloir, en train de parler avec un employé. Il a une prestance naturelle, une aura de respect. Et surtout… il semble totalement absorbé par son travail. Quand l'employé s'éloigne, il reste seul. C'est ma chance. Je respire profondément avant de m'approcher de lui, poussant mon chariot pour paraître occupée.

— Monsieur Beaumont ?
Il lève les yeux vers moi. Son regard est perçant, mais pas dur.
— Oui ?
— Je voulais juste vous remercier de m'avoir donné ma chance ici.
Je me force à garder un ton naturel. Il m'observe un instant, puis acquiesce simplement.
— Chloé m'a dit que vous faisiez du bon travail.
Un silence s'installe. Je ressens son exigence, sa rigueur naturelle. Il n'est pas froid, juste… réservé. J'ose alors poser une question.
— Vous travaillez ici depuis longtemps ?
Il me regarde, un peu surpris par ma curiosité.
— Depuis le début. Cet hôtel, c'est toute ma vie.
Il marque une pause avant de reprendre.
— Et vous ? Pourquoi avoir choisi de travailler ici ?
Je ne m'attendais pas à ce qu'il me pose une question en retour. Je me reprends rapidement.
— J'avais besoin d'un travail stable, et l'hôtel a une très bonne réputation.
Il hoche la tête, semblant accepter ma réponse.
— Alors j'espère que vous vous y plairez.
Son regard devient plus direct.
— Travaillez bien, et vous irez loin ici.
Et juste comme ça, la conversation est terminée. Il reprend son chemin, me laissant seule dans le couloir. Ce n'était pas grand-chose, mais c'était un début.
Et maintenant que j'ai échangé avec lui une première fois, je vais trouver un moyen d'en apprendre plus parce que je ne peux pas me contenter de ça.

Alors que je reprends mon service, je tombe une fois de plus sur Julien. Je devrais m'y attendre, il est toujours là quand

je ne l'attends pas. Il est appuyé contre un mur, les bras croisés, et me regarde comme toujours avec un sourire en coin.
— Alors, tu as parlé au roi du château ?
Mes sourcils se froncent d'eux-mêmes, signe de mon étonnement.
— Comment sais-tu ça ?
Il hausse les épaules.
— Tout le monde voit tout ici.
Il s'approche légèrement.
— Alors, verdict ?
Je réfléchis un instant.
— C'est… impressionnant.
— Ouais, Henry a toujours été comme ça. C'est un homme droit, il ne laisse rien au hasard.
— Tu sembles bien t'entendre avec lui.
Un sourire sincère éclaire son visage.
— Oui. Je le connais depuis que je suis gamin, il a toujours été comme un mentor pour moi.
— Marc et lui sont vraiment proches, non ?
— Ouais, ils se connaissent depuis l'enfance. Henry, c'est l'homme sérieux et posé. Mon père, lui, c'est… le feu et l'impulsivité. À eux deux, ils ont construit un empire. Et moi, j'ai grandi là-dedans.
Je note la nuance dans son ton.
— Et ça t'a plu ?
Il prend un instant pour réfléchir.
— Oui. J'aime cet endroit. Il fait partie de moi autant qu'il fait partie d'eux.

Ses mots résonnent étrangement en moi. Je suis venue ici pour connaître Henry, mais Julien, lui, a grandi dans cet univers que je découvre à peine. Et ce qu'il me dit… me trouble plus que prévu. Un silence s'installe, puis Julien me

lance un regard amusé.
— Mais assez parlé d'eux. C'est toi qui m'intéresses.
Un léger rire m'échappe alors que je secoue la tête avec amusement.
— Toujours aussi direct, hein ?
Il sourit plus largement.
— Toujours. Et toi, Rose ?
Je le fixe un instant avant de répondre.
— Toujours aussi méfiante.

Nos regards restent accrochés un instant de trop. Ce petit jeu entre nous commence à devenir de plus en plus évident et, au fond de moi, je sais que je suis en train de me laisser prendre.
Alors que je retourne travailler, un trouble plus profond m'envahit, malgré moi. J'ai enfin parlé à Henry. Mais c'est Julien qui me perturbe le plus. Avec lui, tout semble déjà trop naturel. Et ça... ça me fait peur.

Vers quatorze heures, alors que je finis de ranger mon chariot dans l'office du sixième étage, Chloé surgit, toute souriante.
— Rose, je te cherchais !
— Euh... oui, pourquoi ?
— Marc te cherche. Il veut te parler dans un moment calme.
— Marc Pélinot ?

Mon pouls s'emballe brusquement. C'est donc ainsi que je vais rencontrer l'homme qui partage la direction de l'hôtel avec Henry. Je pensais qu'il m'ignorerait, qu'il me considérerait comme une simple femme de chambre.

Pourtant, il me convoque, et c'est à la fois inattendu et terriblement excitant.

Chloé hoche la tête et, d'un geste vague, m'invite à la suivre jusqu'à une petite salle de réunion à l'écart des couloirs principaux. Je retiens mon souffle, puis pousse la porte dans un mouvement presque solennel.

À l'intérieur, Marc Pelinot est assis à une table ronde, un dossier ouvert devant lui. Contrairement à Henry, toujours tiré à quatre épingles dans des costumes sombres, Marc porte un blazer bleu clair et une chemise décontractée, sans cravate. Ses cheveux poivre et sel sont impeccablement coiffés, et, lorsqu'il lève les yeux vers moi, son sourire me frappe aussitôt : plus franc, plus chaleureux que celui d'Henry. Son regard semble pétiller d'une gentille curiosité.

— Rose, c'est ça ? Entre, je t'en prie, ne reste pas devant la porte.

Sa voix est posée, légèrement plus douce que celle d'Henry. Sans ne l'avoir jamais vu, je sens déjà à quel point il est différent de son associé.

— Bonjour, monsieur Pélinot. On m'a dit que vous vouliez me voir…

— Oui, je tenais à m'assurer que tout se passait bien pour toi. J'ai cru comprendre que tu étais nouvelle et déjà très appréciée.

Il me tend la main. Je la serre, encore hésitante.

— Je ne sais pas si « très appréciée » est le bon terme, mais… j'essaie de faire de mon mieux.

Marc rit légèrement, prenant un air presque complice.

— Tu sais, cet hôtel, c'est un peu comme une grande famille. On y passe des jours, des nuits, on y laisse une partie de soi… Je voulais juste voir qui était la célèbre Rose dont Julien m'a parlé.

Julien… À l'évocation de son prénom, un trouble diffus remonte lentement le long de mon dos. Je m'efforce de contrôler mon émotion, me contentant de hocher la tête avec un petit sourire.

— Julien raconte un peu n'importe quoi, je crois.

— Pas du tout. Il m'a dit que tu avais déjà un grand sens du détail et que tu posais pas mal de questions.

Marc a un léger sourire en coin. À cet instant, je comprends à quel point il s'éloigne de la discrétion plus austère d'Henry. Autant Henry reste toujours en retenue, autant Marc affiche un charme décontracté, plus expansif. Une façon de parler plus immédiate, comme s'il avait envie de mettre tout le monde à l'aise.

— J'essaie de comprendre le fonctionnement de l'hôtel, dis-je prudemment. Je suis novice, et je me dis que je dois être à la hauteur de… vos attentes.

Mon allusion à la direction ne passe pas inaperçue. Marc hoche la tête, un éclair de satisfaction dans ses yeux gris-bleu.

— Tu es une jeune femme volontaire. Ça se voit… Si, un jour, tu veux évoluer, faire autre chose que le ménage, n'hésite pas à frapper à ma porte. Je peux t'aider à gravir les échelons, tu sais.

Sa proposition me surprend, c'est direct, presque trop beau. Je devine intuitivement qu'il appartient à ces personnalités expansives, douées pour repérer les talents et créer des liens. Différent d'Henry, donc, mais tout aussi intrigant. Si Marc est aussi proche d'Henry, sans doute connaît-il ma mère. J'ai envie de le questionner, de glaner des indices possibles, mais ce n'est pas le moment. Je préfère remercier Marc poliment et prendre congé.

— Merci, monsieur Pélinot. Vraiment. Je vais continuer à faire de mon mieux.

Nous échangeons un dernier sourire avant que je ne sorte, le cœur battant. Cet échange ne dure que quelques minutes, mais le contraste s'impose immédiatement : Henry reste un mystère insondable, tandis que Marc incarne le charme accessible. Lequel des deux me donnera les réponses sur ma famille ?

Après cette entrevue, j'enchaîne plusieurs chambres jusqu'à la fin de la journée. Je reviens dans le local du personnel pour poser mes affaires. Je croise Chloé, qui part en me faisant signe de passer une bonne soirée. Je remarque une enveloppe, posée sur mon casier, avec mon prénom écrit à la main.

Un pincement soudain me traverse la poitrine. Qui m'a laissé cette enveloppe ? Je l'ouvre avec précaution et découvre un simple papier, griffonné de quelques mots.

« Retrouve-moi ce soir, après ton service, sous la verrière, là où je t'ai amenée la dernière fois. Julien. »

Je relis la note trois fois. Là où je t'ai amenée la dernière fois... Il s'agit certainement de cet endroit secret, la verrière donnant sur le jardin intérieur, la vue la plus magique de l'hôtel. Pourquoi veut-il me voir là-bas ? Mon cœur bat soudain plus fort, et une nervosité impatiente me gagne aussitôt. J'ai à la fois peur et envie.
« Rose, tu t'étais promis de rester discrète... » je me rappelle à l'ordre.

Mais une petite voix rétorque : j'ai besoin d'informations, et Julien semble prêt à m'en donner... ou, plus honnêtement, je meurs d'envie de le revoir.

Je me demande s'il veut me montrer un autre recoin caché de l'hôtel, ou simplement de me voir en tête-à-tête.
À dix-neuf heures, le rythme de l'hôtel se calme un peu. Les arrivées de fin d'après-midi sont passées, et l'heure du dîner approche. Je me rends discrètement à la verrière. La lumière du soleil couchant inonde la verrière d'une douce lueur cuivrée, comme pour créer un décor intime, presque irréel. Le lieu est désert, silencieux.

Soudain, une ombre se détache sous la verrière. Julien apparaît, vêtu d'une chemise sombre et d'un pantalon simple, qui met en valeur sa silhouette élancée. Son visage s'éclaire dès qu'il m'aperçoit.
— Te voilà !
— Oui… j'ai hésité, mais… me voilà.

Nous restons un instant face à face, comme si nous ne savions pas comment reprendre notre discussion précédente. J'ai la gorge serrée, incapable de bouger. Julien s'approche lentement et frôle délicatement ma main, provoquant en moi une vague d'émotion intense.
— J'avais envie de t'emmener dehors, dit-il à mi-voix. Loin de l'hôtel. Loin des regards indiscrets.

« Dehors ? » Je prends conscience que nous sommes enfermés dans l'univers doré et feutré du Beaumont depuis mon arrivée. Peut-être ai-je oublié qu'une ville entière vit tout autour.
— Tu… veux qu'on sorte ensemble ?
— Oui. Laisse-moi te faire découvrir Paris.

Son regard brille d'une lueur légère, un mélange d'assurance et d'impatience, comme s'il craignait que je dise non. Mais comment résister à ce souffle de liberté ?

Je quitte l'hôtel en sa compagnie, sans trop comprendre comment j'ai pu accepter. À vrai dire, peu de doutes subsistent dans mon esprit. J'en ai envie. Nous marchons à travers un Paris crépusculaire, les réverbères qui s'allument, la foule qui se presse autour des restaurants. Julien me fait traverser de petites rues, m'indique un passage couvert que je ne connaissais pas, m'entraîne dans un café minuscule où l'on boit un verre de vin.

Chaque instant avec lui me semble précieux, comme si une parenthèse s'ouvrait dans la quête de mon père. Il me fait rire en partageant des souvenirs d'enfance, comme lorsqu'il courait dans les couloirs de l'hôtel, inventant des histoires incroyables, ou en évoquant la personnalité contrastée de son père, Marc, qui était un véritable fêtard, tandis qu'Henry était plus réservé.

— Et toi, Rose ? D'où viens-tu exactement ?

La question me fait frémir, mais je choisis de contourner la vérité. J'évoque vite fait ma vie en province, mes études, le décès de ma mère et de mon père dans un accident de voiture quelques mois après ma naissance. Rien sur le pourquoi de ma présence ici, ni sur Henry. Il ne me brusque pas, semble respecter mes silences.

Peu à peu, la nuit s'installe. Julien et moi échangeons des regards de plus en plus intimes, des sourires qu'on pourrait qualifier de complices. Paris resplendit, c'est cliché et pourtant si vrai : la Ville lumière, ses terrasses animées, ses ponts illuminés. Je me sens étrangement… vivante. Comme si l'angoisse qui m'habitait était en train de se dissocier dans l'air nocturne.

— Merci, dis-je, la voix empreinte de douceur.

— Merci ? Pour quoi ?

— Pour me sortir de ma bulle, sans poser de questions.

Il hausse un sourcil, amusé.
— Je suis plus un instinctif qu'un interrogateur. Quand je sens quelque chose… je fonce.

Cette phrase résonne plus fort qu'il ne l'imagine. Quand je sens quelque chose, je fonce. Son regard posé sur moi m'en dit long. À cet instant précis, je devine qu'il a envie de m'embrasser. Et moi, je le veux aussi. Mais mon cœur s'emballe.
— On rentre ? dis-je pour briser le vertige.

Julien paie l'addition d'un geste décidé, avant de m'entraîner à travers les rues pour retrouver le métro. Pendant tout le trajet, je savoure un mélange d'excitation et de trac. Je me répète que ce n'est qu'une promenade, rien de plus… Et pourtant, au fond de moi, je sens que quelque chose a déjà commencé entre nous.

Nous arrivons bientôt devant l'immeuble. Il ne monte pas sur le trottoir. Il reste à distance, comme s'il ne voulait pas franchir une ligne.
— Merci pour ce soir, dit-il.
— C'était… simple.
— C'est bien, non ? Il sourit.

Je hoche la tête.
— Je peux te revoir ? demande-t-il. Pas pour une visite guidée cette fois. Juste… te revoir.
Je le regarde. Il est sincère. Et ça me désarme un peu.
— Oui. Je crois que j'aimerais bien.
— Demain ?
— Demain. Ici ?

Il recule d'un pas et me salue d'un petit geste de la main.
— À demain... Bonne nuit, Rose.

Et il disparaît dans la nuit parisienne.

Je monte lentement, encore un peu sonnée par la soirée. J'ai l'impression que quelque chose a bougé en moi. Ce n'était qu'un verre, qu'une promenade... mais j'ai senti autre chose, une légèreté, une envie de croire que, peut-être, je peux encore vivre autre chose que les souvenirs.
Je me couche tard. Le sommeil met du temps à venir. Je repense à son regard, à cette manière douce qu'il a de me parler et de m'écouter.
Des questions tournent en boucle dans ma tête : est-ce que je me fais des idées ? Est-ce qu'on est en train de glisser doucement vers autre chose ? Finalement, je m'endors, encore un peu troublée, sans savoir exactement ce que j'attends du lendemain.

Le lendemain, la journée au travail file sans que je ne voie le temps passer. En fin d'après-midi, je reçois un message.

« *Toujours partante pour ce soir ? — Julien* »

Je souris bêtement, seule dans la réserve.

« *Bien sûr. 21 h ?* »

« *À tout à l'heure* »

* * *

J'arrive à l'heure. Il m'attend devant l'immeuble. Nous échangeons un regard timide, presque gêné, comme si la veille avait laissé une trace plus profonde que nous ne voulions l'admettre.
— Tu veux monter ?
— Avec plaisir.

Nous grimpons l'escalier en colimaçon. Mon cœur cogne contre ma cage thoracique sans que je ne sache vraiment pourquoi. Élodie est partie deux jours, elle ne rentre que demain. Je sais que nous serons seuls.
L'appartement est plongé dans une semi-obscurité. J'allume une petite lampe près du canapé.
— Fais comme chez toi.
Il enlève sa veste et observe un peu l'endroit sans dire un mot. Je lui sers un verre.

Julien s'installe sur le canapé, son verre à la main. Il s'enfonce dans les coussins comme s'il cherchait à se

détendre sans vraiment y arriver. Je m'assieds de l'autre côté, jambes croisées, le regard posé sur lui.
— Tu veux de la musique ?
Il hoche la tête.
— Rien de triste.
Je souris. Je mets une playlist douce, un peu jazzy, en fond. Il ferme les yeux quelques secondes.
— C'est mieux. Moins… silencieux.
Je le regarde. Son visage est plus calme que d'habitude, moins dans le contrôle.
— Tu voulais vraiment venir ce soir ?
Il tourne la tête vers moi, croise mon regard.
— Bien sûr. Pourquoi poses-tu la question ?
— Je ne sais pas. Peut-être parce que j'ai du mal à comprendre ce que tu veux vraiment.
Il joue avec le bord de son verre.
— Je voulais… sortir du cadre. Avec toi, je n'ai plus l'impression d'être « le fils de ». Ne plus être Julien Pelinot de l'hôtel Beaumont.
— Et ici, qui es-tu ?
Il esquisse un sourire.
— Un mec un peu paumé, peut-être. Un mec qui essaie de comprendre ce qu'il ressent.
Je le laisse parler. J'ai appris que, parfois, le silence aide les gens à se livrer plus que les questions. Il pose son verre, s'appuie sur ses genoux, les mains croisées.
— Mon père… il est brillant, charismatique. Tout le monde l'aime et c'est épuisant, tu vois ? Grandir avec un homme qui remplit toutes les pièces où il entre. Tu finis par te demander si tu existes vraiment.

Je ne bouge pas. Je l'écoute.
— Il m'a mis dans l'hôtel très tôt. J'ai appris comment communiquer avec la clientèle, détecter les dernières

modes, maintenir une posture droite et arborer un sourire approprié. Et moi, j'ai tout fait. J'ai été formé. J'ai excellé même. Mais jamais... pour moi.

Il marque une pause, cherche mes yeux.

— Je ne sais même pas si j'aime vraiment cet univers. Ou si j'aime juste être bon dedans.

— Et tu lui en veux ? Je demande doucement.

— Je ne sais pas. Peut-être. Peut-être pas. Je crois que je lui en veux surtout de ne pas me voir comme autre chose qu'un prolongement de lui. Un projet bien ficelé.

Il passe une main dans ses cheveux, un peu nerveux. Je sens que c'est rare, pour lui, de dire tout ça. Il me regarde à nouveau, plus intensément.

— Et toi, Rose ? Tu as l'air si... discrète.

Je sens mon cœur faire un saut. Je ne montre rien.

— Peut-être que, moi aussi, j'essaie de comprendre ce que je ressens.

Il rit doucement, mais ses yeux restent fixés sur les miens.

— Tu me plais, tu sais ?

Je sens mes joues chauffer. Sa voix est grave, calme, presque chuchotée.

— Je le sais. Tu me plais aussi.

Un silence, pas gênant, s'installe.

— Tu m'intrigues, poursuit-il. Depuis le premier jour. Tu as une douceur que tu essaies de cacher malgré tes mots qui peuvent être tranchants.

Je baisse un peu les yeux, sans rien répondre.

— Et ce soir ? Je murmure. Tu veux quoi ?

Il ne répond pas tout de suite. Il se penche un peu, ses coudes sur ses genoux, son visage plus proche.

— Juste être là, avec toi. Et que ça dure un peu.

Je hoche la tête. Mon cœur bat plus fort. Je me lève pour aller chercher un plaid, une excuse pour me lever. Quand je reviens, il est toujours assis au même endroit. Je m'installe à côté de lui, plus proche cette fois, le plaid sur mes genoux. Il me regarde, mais ne bouge pas. Je sens la chaleur de sa jambe contre la mienne. Je sens son parfum, ce calme étrange entre nous.
— Je n'ai pas envie de gâcher ce truc qu'il y a là... entre nous.
— C'est rassurant.
— C'est rare, surtout.
Je tourne la tête vers lui.
— Et si on restait comme ça ? Juste là.
— C'est la meilleure chose que tu pouvais me proposer.
Je me laisse aller contre lui. Il passe un bras autour de mes épaules.
— Rose, murmure-t-il

Son timbre de voix me donne des frissons. Je tourne ma tête vers lui et je ferme les yeux. Il m'embrasse doucement, d'abord du bout des lèvres, comme s'il craignait de me brusquer. Mon cœur bat si fort qu'il me semble l'entendre. Je m'accroche à sa chemise, l'attirant contre moi, comme pour me rassurer de son étreinte. Progressivement, nos souffles se font plus pressés.

Ses doigts glissent dans mes cheveux, descendent le long de ma nuque, et cette caresse éveille un feu que je ne soupçonnais pas. J'attrape ses mains. Ses yeux brillent d'un désir intense, et son sourire malicieux me trouble profondément.
Lentement, nous nous embrassons à nouveau, nos langues se cherchent dans une danse qui devient vite plus passionnée. Je frissonne lorsqu'il effleure ma clavicule,

puis l'arrondi de mon épaule du bout des doigts. Bientôt, je sens ses lèvres s'aventurer dans mon cou, effleurant la ligne de ma peau. J'ai l'impression de découvrir chaque sensation pour la première fois.

Nous basculons, lui au-dessus de moi, et je sens alors son corps épouser le mien. Mes mains se mettent à explorer ses épaules, sa taille, puis se glissent sous sa chemise, appréciant la chaleur de sa peau. Notre respiration s'emballe, et le désir nous submerge peu à peu.

— Tu es sûre… ? souffle-t-il, la voix rauque, comme une ultime question.

Je le regarde, le visage rougi par l'excitation, et acquiesce. Oui, je le veux. À cet instant, tout me paraît aussi naturel qu'indispensable. Nous reprenons nos baisers, ardents et impatients, et c'est comme si le temps s'arrêtait.

Julien a défait les boutons de mon chemisier un à un, découvrant mes courbes, et je l'aide à retirer sa chemise, révélant la douce musculature de son torse. L'électricité qui parcourt ma peau me coupe presque le souffle. Ses lèvres reprennent leur chemin, plus bas, sur ma poitrine, tandis que ses mains dessinent des volutes sur mes hanches.

Un léger gémissement m'échappe, surprise par l'intensité de ma réaction. Il plonge son regard dans le mien, et je lis dans ses yeux cette envie partagée, ce besoin d'être ensemble, ici et maintenant, sans barrière.

— Tu es magnifique, souffle-t-il.

Un sourire fugace se dessine sur mes lèvres et l'attire à moi, capturant sa bouche dans un baiser plus profond, plus pressant. Nos corps se trouvent, se cherchent, s'attirent comme deux aimants incapables de se repousser.

Julien descend lentement, embrassant chaque parcelle de peau qu'il découvre. Son souffle brûlant contre ma poitrine

me fait basculer dans un état second. Je me cambre sous lui, cherchant davantage ce contact qui me consume. Il descend encore, sa langue traçant une ligne de feu sur mon ventre, avant de remonter brusquement, ses lèvres retrouvant les miennes avec une ardeur nouvelle.
Ses mains glissent sous mes cuisses, me soulevant légèrement alors qu'il se positionne au-dessus de moi. Son regard plonge dans le mien, intense, interrogatif.
— Je te veux, murmure-t-il contre ma peau.
Mon corps est en feu, et la seule réponse que je peux lui offrir, c'est de capturer à nouveau ses lèvres, de l'attirer encore plus près.
Les minutes s'étirent, hors du temps. Je me perds dans ses yeux, dans la saveur de ses lèvres, dans l'étreinte de ses bras. J'oublie l'hôtel, Henry, les secrets qui m'ont amenée ici. Rien ne compte plus que nous.

Quand nos souffles se font enfin plus calmes, je me blottis contre Julien, mon cœur tambourinant encore. Nos visages sont si proches que je sens la chaleur de son haleine. Un sourire timide se dessine sur mes lèvres, un reflet de sa propre satisfaction. Pendant un instant, nous restons enlacés, savourant ce moment suspendu.
— Rose… tu es… incroyable, souffle-t-il à mon oreille.

Je rougis, incapable de répondre. Mon esprit flotte encore dans ce sillage de plaisir. Je l'embrasse doucement pour toute réponse, retenant mes larmes de joie. Des larmes furtives, nées de l'émotion, de la surprise, de la culpabilité aussi, car je sais que, derrière ce moment de grâce, se cache une vérité que je lui tais.

Pourtant, ce soir, je n'ai plus envie de penser à mes mensonges. Je le serre contre moi, me concentre sur sa présence. Dans ses bras, je me sens en sécurité, comme si rien d'autre ne pouvait nous atteindre. Peut-être que c'est l'illusion de l'amour naissant. Peut-être que demain, la réalité me frappera. Mais pour l'instant, j'accepte de goûter à cette parenthèse enchantée.

C'est dans les bras de Julien que je trouve un répit, et je m'endors avec la sensation d'être vivante, peut-être pour la première fois depuis bien longtemps.

Je me réveille en douceur, enveloppée d'une chaleur nouvelle, différente de tout ce que j'ai connu. Les premiers rayons du soleil filtrent à travers les rideaux, éclairant le salon transformé en véritable nid douillet. Dans la pénombre, je distingue la silhouette endormie de Julien. Son torse se soulève au rythme d'une respiration paisible.
Les images de la nuit passée me reviennent en mémoire : nos rires, nos baisers fiévreux, la folle intensité de cette première étreinte. Je souris malgré moi, laissant ma main effleurer la courbe de son épaule. Mon cœur continue de battre, résonnant avec l'émotion intense que j'ai ressentie. Cela fait trop longtemps que je n'ai pas ressenti cette impression d'être vivante.

Julien bouge à peine, il ouvre un œil encore ensommeillé. Un sourire naît sur son visage lorsqu'il me voit.
    — Salut…
    — Bonjour, dis-je tout bas, soudain timide.

Nous restons un instant dans ce silence complice, allongés côte à côte, le temps de réaliser ce qui vient de se passer. Puis la réalité finit par me rattraper : je dois aller travailler, retourner dans le tourbillon de l'hôtel Beaumont.

— Je... il faut que je file. On va être en retard.
— Ouais... Il soupire légèrement, puis se redresse pour me donner un baiser tendre sur le front. On se prépare, alors.

Malgré la douceur de ce moment, je sens déjà l'angoisse prête à resurgir. Comment me comporter face à Henry, maintenant ? Comment assumer ce rapprochement avec le fils de Marc ? Tout se bouscule dans ma tête, mais je balaie ces pensées. Une journée de travail m'attend, et je ne suis pas la seule. Nous nous rhabillons en vitesse, échangeons un dernier baiser en riant de l'état pitoyable de nos tenues froissées, puis quittons l'appartement dans l'air frais du matin.

Je fonce directement vers les vestiaires du personnel pour récupérer mon uniforme et tenter de remettre un peu d'ordre dans mes cheveux. Les cernes sous mes yeux ne peuvent nier la courte nuit, mais qu'importe, pour la première fois depuis longtemps, je me sens bien. Je souris toute seule devant le miroir, comme une adolescente amoureuse.

À peine arrivée dans l'office, je me mets au travail. Je croise Chloé, qui me lance un regard suspect.
— Tu as l'air... radieuse ce matin. Une bonne soirée, peut-être ?
— Disons que j'ai passé un moment sympa, oui.

Elle me décoche un clin d'œil complice, mais je n'ai pas le temps de bavarder. Marie, la gouvernante, nous donne nos instructions : Nettoyage de plusieurs suites au sixième étage, encore et toujours. Je récupère mon chariot et monte directement, m'efforçant de concentrer mon esprit sur la tâche. Ne pas laisser mes émotions prendre le dessus.

Au fil des couloirs, je ressens cependant un étrange malaise. Comme si l'énergie feutrée de l'hôtel ce matin était... différente. Est-ce juste mon imagination ?
— Bonjour Rose, ravie de vous voir. Tout est ok ?
— Bonjour Monsieur Pélinot. Oui, il ne me reste que la suite 609.
— C'est parfait. À plus tard.
À peine ai-je eu le temps de répondre que Marc était déjà parti.

Vers dix heures trente, je ressors de la suite 609, bras chargés de draps frais. Au moment où je pose un pied dans le couloir, un bruit strident me transperce les tympans. Un cri de femme, si net, si glaçant, qu'il me fait lâcher presque aussitôt les draps.
— À l'aide !

Mon cœur bondit. Je tourne la tête vers l'origine du son : plus loin, à l'autre extrémité du couloir, la porte de la suite 613 est entrebâillée. Sans réfléchir, je pose tout ce que je tiens et m'élance. Une cliente agressée ? Un accident ?

À mesure que j'approche, je perçois des bruits de lutte, des pas précipités... et, soudain, la porte s'ouvre brusquement. J'ai juste le temps de me plaquer contre le mur adjacent, la respiration saccadée.
Un homme quitte la suite à grandes enjambées. Il se penche légèrement, comme s'il voulait se fondre dans l'ombre. Ses cheveux sombres, mêlés de fils argentés, brillent sous l'éclairage froid du couloir. L'homme a une posture droite et je distingue l'élégance d'un costume sur mesure.
— Henry ?

La panique m'envahit alors que je le vois vérifier

nerveusement le couloir, avant de s'éclipser d'un pas rapide. Il n'a pas remarqué ma présence. Qu'est-ce que… que fait-il ici ? Est-ce bien lui ? Derrière la porte toujours entrebâillée, j'entends des sanglots. Un frisson me traverse. Henry… mon père… sortirait-il d'une chambre où une femme vient de crier au secours ? Je ne veux pas y croire, mais tout dans la scène que je viens de voir pointe vers une conclusion terrible.

Je pousse la porte 613, le souffle coupé. La suite est dans un état chaotique, des serviettes jetées à terre et un plateau de room-service renversé. Au milieu de la pièce, une femme de chambre est recroquevillée au sol, son uniforme froissé, le visage ravagé de larmes. Ses cheveux bruns, d'ordinaire soigneusement attachés, s'échappent en mèches tremblantes. Elle me voit entrer et se crispe, la terreur peinte sur ses traits.

— Non… s'il vous plaît… gémit-elle faiblement.

Je m'accroupis aussitôt, levant les mains en signe d'apaisement.

— Hé, ça va, je… c'est moi, Rose, je travaille ici. Je ne te veux aucun mal, je t'assure.

Ses yeux me regardent, perdus. Sur son avant-bras, je distingue une marque rouge en forme d'empreinte. Mon estomac se noue, cette vision ne fait que confirmer mes pires craintes. Je reste pétrifiée.

— Qu'est-ce qui… s'est passé ?

Sa bouche s'ouvre, mais elle peine à articuler. Les mots finissent par sortir, incohérents, hachés.

— Il… il a essayé de… Il m'a forcée… j'ai crié…

— Qui ? dis-je, comme si je ne savais pas déjà la réponse qui m'horrifie.

Elle cligne des paupières. Visiblement, elle hésite. Mais elle finit par souffler un nom, quasiment inaudible :
— M. B... Beaumont...
Mon cœur s'arrête. Beaumont. Henry Beaumont. Le propriétaire de l'hôtel. Mon... père. Les larmes me montent aux yeux avant même que je puisse les retenir. Mon corps se met à trembler. Impossible... Il ne peut pas être violent... La femme de chambre se met à sangloter davantage. Je remarque qu'elle saigne légèrement à la lèvre, qu'elle semble tétanisée. Une rage impuissante m'envahit, mêlée à la stupeur la plus totale. Je voudrais appeler la police, hurler que c'est un scandale, mais elle agrippe soudain ma manche.
— Non... je... vous en supplie... je ne veux pas qu'on en parle... je ne veux pas perdre mon emploi...

Ses yeux me supplient. Elle a trop peur, sans doute, des conséquences, de ne pas être crue, ou d'être renvoyée. Tout se mélange dans mon esprit. L'envie de la protéger, de la sortir de cette situation, et la terreur que m'inspire le nom d'Henry.

Des bruits de pas retenus dans le couloir. La jeune femme se raidit, le regard affolé. Je réalise que, si quelqu'un entre et me trouve là, je devrai m'expliquer. Qu'est-ce que je dirais ? Henry vient de sortir, la femme de chambre l'accuse... On ne me croira jamais.

La gorge nouée, je me relève, la main posée sur mon front, en proie à la panique.
— Est-ce que... tu es blessée ? Je peux t'accompagner

à l'infirmerie, ou…
— Laissez-moi… murmure-t-elle, la voix brisée. Juste… partez.

Ses larmes coulent à flots. J'entends des voix se rapprocher depuis la suite voisine. Je cède alors et je disparais par la porte communicante, menant à un autre couloir de service. Mon cœur tambourine. Je suis désolée… je voudrais hurler. Mais je fuis. Tout me semble irréel. Henry, violent ? Les mots résonnent dans ma tête : « Il m'a forcée… M. Beaumont… » J'erre dans un couloir sans savoir où aller, engourdie par le choc. C'est un cauchemar…

J'aboutis finalement à l'escalier de service et je le descends quatre à quatre, manquant de trébucher. De temps en temps, je croise un collègue qui me lance un « Ça va ? » », mais je n'ai pas la force de répondre. Je veux fuir cet endroit, sortir au plus vite.

Arrivée au rez-de-chaussée, je me faufile par une porte dérobée, réservée au personnel, puis j'émerge dans la rue. J'ai la nausée. Comment affronter la vérité ? Henry… un monstre ? Mon père… Mes jambes tremblent quand je réalise l'ampleur de cette catastrophe.

Au même instant, dans un coin de mon esprit, un souvenir de la nuit précédente me revient, la chaleur de Julien, ses caresses, la tendresse de son regard. Comment puis-je imaginer qu'Henry et Marc, ceux qui l'ont élevé, le monde qu'ils ont bâti, soit si sombres ? Tout se brouille en moi. Mon estomac se tord et je manque de défaillir sur le trottoir.
— Calme-toi, Rose… me répondant à moi-même, le souffle court. Il faut comprendre ce qui s'est passé.

Mais la seule scène dont je dispose est éloquente : le cri, la détresse de cette femme, la fuite précipitée d'Henry. Il n'y a guère de place au doute… Je pars en courant vers le métro, espérant qu'un peu de distance me permettra de reprendre mes esprits. Les passants me bousculent, indifférents. À leurs yeux, je ne suis qu'une inconnue paniquée parmi tant d'autres. Mais, dans ma tête, c'est un monde entier qui vient de s'effondrer. Je ne me souviens même pas de la façon dont j'ai réussi à quitter l'hôtel Beaumont. Les couloirs défilaient sous mes yeux embués, les tapis et les murs dorés se fondaient dans un décor étouffant. J'ai pris la fuite sans regarder derrière moi, le cœur battant à tout rompre.

Quelques stations de métro plus tard, je me retrouve devant l'immeuble de Thomas, tremblante, haletante de peur. Je grimpe l'escalier en colimaçon d'un pas maladroit ; chaque marche me semble plus lourde que la précédente. Quand j'ouvre enfin la porte de l'appartement, je découvre Élodie, assise sur le canapé, l'ordinateur sur les genoux.
Elle relève la tête et fronce aussitôt les sourcils en me voyant.
— Rose ? Ça ne va pas ? Tu es toute blanche…

Ma vision se brouille. Je me sens vaciller, je referme rapidement la porte derrière moi et lâche mes clés qui tombent avec un bruit sourd sur le parquet. Élodie bondit, pose son ordinateur et m'attrape par les épaules.
— Hé, qu'est-ce qui se passe ? Tu trembles comme une feuille…

J'essaie de respirer, mais les mots restent coincés dans ma gorge, enchevêtrés dans le choc de ce que j'ai vu. C'est seulement lorsqu'Élodie me guide jusqu'au canapé, un bras

passé autour de ma taille, que je parviens à souffler un peu.
— Henry... dis-je, la voix chevrotante.
Je vois déjà le visage d'Élodie changer à ce nom. Elle sait à quel point Henry est devenu central dans ma vie depuis que j'ai découvert qu'il était mon père. Mais elle est loin d'imaginer ce qui vient de se produire. Alors, d'une traite, entrecoupée de sanglots et de halètements, je lui raconte tout. La chambre, la femme de chambre blessée, les hurlements, et Henry surgissant de la suite d'un air coupable. Ma fuite éperdue, ma panique.
Le récit me vide de mon énergie. Élodie me serre contre elle, choquée.
— Mon Dieu... Mais... tu es sûre que c'était bien lui ?
— J'ai reconnu ses cheveux, sa carrure, son visage... j'ai vu Henry, Élodie. Je l'ai vu partir juste après qu'elle ait crié au secours...

Elle tressaille, la gorge serrée à son tour. Son regard laisse transparaître la même incrédulité qui me ronge. Comment concevoir une telle horreur ?
Le silence nous engloutit. Je me recroqueville, l'esprit tourbillonnant. Cette chambre, cette vision, cette femme en larmes... Tout semble encore irréel.
— Qu'est-ce que tu comptes faire ? souffle finalement Élodie.
Je secoue lentement la tête, sentant les larmes me monter aux yeux une nouvelle fois.
— Je n'en sais rien. Je n'arrive même pas à... réfléchir... c'est insensé.

Élodie m'enveloppe dans ses bras. Je réalise qu'elle porte son regard vers mon téléphone, posé sur la table basse. L'écran s'éclaire par intermittence, affichant des appels en

absence.
— C'est Julien, c'est ça ?

Je hoche la tête, incapable de prononcer un mot. En effet, Julien a tenté de me joindre plusieurs fois, depuis probablement la minute où j'ai quitté l'hôtel. Après ce que nous avons partagé la nuit dernière, je m'en veux terriblement de le fuir ainsi. Mais comment lui expliquer ? Il considère Henry comme un mentor, presque un oncle, voire plus.
— Tu sais… tu devrais peut-être lui parler, reprend Élodie, la voix plus douce.
— Non.
Je soupire, mes yeux se brouillant à nouveau de larmes.
— Comment est-ce que je peux lui raconter ça ? Je ne suis même pas sûr d'y croire moi-même.

Un silence. Je sens Élodie hésiter.
— Alors, tu pourrais peut-être en parler à Marc ? Il est l'ami d'Henry. Il doit être au courant de certaines choses.
— Tu penses vraiment que c'est une bonne idée ?
— Je n'en sais rien, mais… si tu gardes tout ça pour toi, tu vas exploser. Parle-lui. Tu n'es pas obligée de tout avouer, mais dis-lui ce que tu as vu.

J'inspire, serre les poings sur mes genoux. J'ai encore en tête le visage de Marc : un homme souriant, avenant, si différent de la sobriété d'Henry. Et pourtant, leur amitié est connue de tous. Peut-être qu'il pourra m'éclairer ou… m'infirmer mes soupçons. J'acquiesce finalement, incapable de trouver une meilleure solution.
— D'accord… je vais le voir, maintenant !

Chapitre 5

Je pars en direction de l'hôtel Beaumont, l'estomac noué, mon téléphone toujours en silencieux pour éviter les appels de Julien. En entrant dans la grande salle, je ressens un malaise intense : je reconnais ces lustres, ces dorures, ce sol en marbre, et je pense à la scène dont j'ai été témoin. Le personnel me salue poliment.

— Monsieur Pelinot est-il là ? Je demande à la réceptionniste.

Elle hoche la tête et m'indique qu'il sort d'une réunion et devrait bientôt repasser par le hall. Je la remercie, hésitant entre l'idée de l'attendre sur place ou de me cacher. « *Trop tard pour faire marche arrière* », dis-je en parcourant la pièce du regard. Soudain, Julien apparaît, marchant d'un pas décidé vers le comptoir.

— Rose ! Où étais-tu passée ? Tu ne réponds pas à mes appels.

Ses yeux me lancent un regard blessé, teinté d'inquiétude.

Je sens mes joues rougir. Comment expliquer qu'après la nuit merveilleuse passée ensemble, je l'ignore brutalement ?

— Julien... je... pardon. J'ai eu un problème, je... ne savais pas comment te parler.

Il s'approche, cherchant à capter mon regard, sa voix empreinte de douceur et d'une pointe de reproche.

— Tu aurais pu me dire au moins que tu allais bien. J'étais mort d'inquiétude.

— Je sais, excuse-moi... C'est juste que...

Mon souffle se coupe. Je devrais tout lui avouer, m'excuser de mon silence, mais une partie de moi redoute sa réaction s'il apprend ce que j'ai vu. Ne va-t-il pas me prendre pour une folle ? Pour une menteuse ? Je commence à formuler quelques mots, la gorge sèche.

— Écoute, quelque chose de grave s'est produit, ce matin. J'ai...

Je m'interromps brusquement, coupée par des exclamations qui fusent près de l'entrée. Un groupe de policiers vient d'arriver, faisant aussitôt sensation dans le hall. Des clients se retournent, des employés se figent, et moi, j'ai l'impression que l'air se fait plus lourd d'une seconde à l'autre.

— Qu'est-ce que... ? lâche Julien, interloqué.

D'un pas ferme, deux agents de police se dirigent vers la réception, parlent au concierge, puis interpellent un employé en costume qui se trouve non loin. Mon sang se glace quand je reconnais la silhouette d'Henry, surgissant d'un couloir latéral. Son visage est fermé.
La scène se déroule sous mes yeux comme au ralenti. Les

policiers prononcent des mots que je ne distingue pas entièrement, mais je devine l'essentiel : « plainte », « agression », « vous devez nous suivre ». Mes jambes flageolent. Ils sont là pour Henry. Ils viennent le chercher.

Julien, abasourdi, fait un pas vers Henry.
— Henry ? Qu'est-ce qui se passe ?
Mais déjà, on lui intime de ne pas intervenir. Henry jette un regard autour de lui, croise le mien fugacement : je lis dans ses yeux une angoisse douloureuse. Il ne se débat pas, il se contente de suivre les policiers, la tête haute, mais les épaules tendues. Une rumeur traverse la salle, entre murmures et chocs de stupeur.

Je sens Julien à mes côtés, bouleversé, alors qu'Henry disparaît encadré par les deux agents, en direction de la sortie principale. Les clients s'écartent sur son passage. Au loin, Marc arrive en courant, visiblement alerté, l'expression affolée. Il ne comprend pas ce qui se passe et réclame des explications d'une voix forte.
— Rose, murmure Julien sans détacher son regard de la scène. C'est… ce n'est pas possible, ça n'a aucun sens.

Ses yeux me cherchent, sa main se crispe sur mon poignet. Je ne peux plus le fuir. Mais je suis incapable de formuler un mot. Tout semble s'effondrer. Je me sens coupable, terrifiée, déchirée. Les battements de mon cœur résonnent jusque dans mes tempes.
— Je… je suis désolée, c'est… dis-je, avant de me taire, submergée.

Henry disparaît déjà au-dehors, escorté par les policiers, tandis que Marc, exaspéré, tente de les suivre. Un tumulte monte dans le hall, et je reste là, figée, incapable de bouger

ou de parler. Julien, près de moi, exige des réponses, mais je ne peux pas.
Le bruit de l'arrestation d'Henry continue de résonner à mes oreilles, même après avoir quitté l'hôtel Beaumont. Je suis partie presque en courant, à moitié sourde aux protestations de Julien qui me réclamait des explications. Trop de monde se trouvait là, trop de regards braqués sur nous, et je ne savais plus quoi penser ni comment réagir. Il me semblait étouffer.
« Pardon, Julien... » me dis-je à moi-même en remontant la rue.

Lorsque j'arrive à l'appartement, Élodie m'accueille, inquiète, mais je n'ai même pas la force de lui détailler ce qui vient de se passer. Le spectacle de l'arrestation m'a laissée sous le choc. Des images me reviennent : Henry, les mains menottées, le visage fermé. Marc, courant derrière la police. Julien, la main tendue vers moi.
Je m'effondre sur le canapé, la tête lourde, la gorge sèche. Élodie se penche vers moi, une tasse à la main.
— Tiens, bois ça... Comment ça s'est passé ?
— Ils... ils ont arrêté Henry. La police est venue, devant tout le monde.

Elle écarquille les yeux, puis secoue la tête, interloquée. Je sens son regard posé sur moi, son empathie, son inquiétude. Mais je ne trouve rien d'autre à dire. Mon téléphone, posé sur la table, vibre sans relâche. Je ne le touche pas. Je sais que Julien doit tenter de me joindre encore et encore.

Soudain, on frappe à la porte. Je dresse la tête, le cœur battant. Élodie me lance un regard interrogateur et va ouvrir. Julien se tient là, essoufflé, le visage défaillant, comme s'il avait couru sous une pluie torrentielle alors qu'un temps sec règne dehors. Ses cheveux sont en bataille, ses yeux rougis. Il plonge aussitôt son regard dans le mien.

— Rose...

Je me lève, un peu maladroitement, et fais un pas en avant. Élodie s'écarte pour nous laisser un minimum d'intimité dans le salon, même si elle reste à quelques pas, préoccupée.

— Je... je suis désolé, je ne savais pas si je pouvais venir. Mais je t'ai appelé, et tu ne répondais pas...

Il apparaît à la fois perdu, en colère. Je sens sa souffrance presque physiquement. Je l'invite d'un geste à entrer, referme la porte derrière lui. Quand il se tourne vers moi, sa voix se brise :

— Henry... ils l'ont emmené. Je... je n'arrive pas à y croire. Mon père ne comprend pas non plus.

Il se passe une main sur le visage, incapable de poser clairement ses questions. Je me mords la lèvre, le cœur serré.

— Julien... Je dois t'expliquer. Je dois te dire ce que j'ai vu ce matin.

À ces mots, je vois qu'il se tend. Il serre les poings, comme pour se préparer à encaisser un choc. Je jette un coup d'œil en coin à Élodie, qui acquiesce d'un léger signe de tête. C'est notre signal : vas-y, tu peux lui faire confiance.

— Viens...

Je l'entraîne doucement vers le canapé. Élodie, dans un respect prudent, s'installe sur un tabouret un peu plus loin, nous laissant la place nécessaire. Julien s'assoit à côté de moi, les yeux dans le vide. Je prends une inspiration, la gorge nouée. Les mots sortent en un récit douloureux : la chambre, la femme de chambre blessée, Henry qui quitte la pièce à toute allure. Mon incompréhension, ma peur, ma fuite.

Je raconte tout, sans omettre les détails qui m'ont frappé : les marques sur la gorge de la jeune femme, ses sanglots, le choc de découvrir Henry juste après son cri de détresse. Puis le moment où j'ai préféré m'enfuir, l'incapacité de gérer la situation. Quand j'ai fini, Julien me fixe, sidéré. Son visage se tord sous l'effet d'émotions contradictoires : l'horreur, la colère, peut-être le doute ou le refus de croire que Henry ait pu faire ça.

— C'est… c'est impossible, balbutie-t-il finalement. Je connais Henry depuis l'enfance. Il… il ne ferait pas ça, Rose.

— Je sais. Enfin, je ne sais plus rien, Julien. J'ai vu ce que j'ai vu, ça ne veut pas nécessairement dire qu'il est coupable. Mais… comment expliquer cette scène ?

Il secoue la tête, désespéré. Pendant un instant, je le vois aux prises avec un déchirement terrible, une partie de lui voudrait défendre Henry corps et âme, l'autre se heurte à mon témoignage, que je n'inventerais pas.

— Je te crois, Rose. Je sais que tu ne mens pas. Mais… Henry est comme un père, je ne peux pas… imaginer…

Sa phrase s'évanouit. Je déglutis, sentant ma propre détresse reflétée dans son regard. Sous nos yeux, Élodie quitte silencieusement la pièce, peut-être pour nous laisser un instant seuls.

— Je suis désolée, dis-je alors, la voix brisée. J'aurais voulu ne pas te faire mal…

— Tu n'y es pour rien. C'est cette situation… Je…

Il se tait et passe une main nerveuse dans ses cheveux. Je vois ses yeux humides, comme s'il se retenait de pleurer.

Un élan de tendresse me submerge. Je me rapproche, glisse une main sur la sienne.
— Ne reste pas seul, Julien.
À ma grande surprise, c'est lui qui vient se réfugier dans mes bras. Il enfouit son visage contre mon cou, ses épaules secouées de sanglots contenus. Je le serre, sans dire un mot, lui offrant tout le réconfort dont je suis capable. Mon cœur se serre à l'idée que je ne lui ai pas encore confié mon secret, le fait qu'Henry soit mon père. Mais pour l'instant, je ne peux pas ajouter ce poids à son tourment.

Le temps passe, s'étirant dans le silence du salon. Élodie revient nous voir, propose à Julien de
rester dîner. Il hoche la tête, hagard, comme un enfant perdu. Je l'aide à se relever, et nous préparons un repas simple avec les ressources de la cuisine. Aucun de nous n'a vraiment faim, mais partager un plat chaud nous ancre dans quelque chose de concret.

Après le dîner, Élodie s'éclipse dans sa chambre, prétextant devoir terminer un travail urgent, et me laisse seule avec Julien. Nous restons un moment l'un en face de l'autre, sans vraiment savoir quoi dire. Je le vois fixer le parquet du salon, les poings crispés.
— Ça va aller… dis-je à mi-voix, sachant que ce ne sont que des mots dérisoires.
— Je ne sais pas. Je suis… tellement paumé.

Il relève les yeux vers moi, et son regard me fend le cœur. Il est plus vulnérable que je ne l'ai jamais vu. Alors, d'une voix presque timide, il finit par souffler :
— Je ne veux pas rentrer chez moi. Je veux rester avec toi, Rose. Tu es la seule personne avec qui j'ai envie d'être ce soir.

Mon ventre se noue et s'illumine en même temps. Cette demande me renvoie à l'intimité de la nuit dernière, mais la situation est bien différente. Pas de désir brûlant cette fois, plutôt l'envie de trouver un peu de chaleur au milieu du chaos. Pourtant, la sincérité de ses mots m'émeut profondément.
　— Reste, oui, je t'en prie. Je... je ressens la même chose.

Il esquisse un sourire faible, reconnaissant. Nous nous dirigeons vers ma chambre, à l'écart du salon. L'endroit est modeste, encombré de quelques cartons et affaires que je n'ai pas encore rangés depuis notre installation, mais il dégage une atmosphère paisible. Dès qu'on referme la porte, Julien m'attire contre lui. Nous nous serrons dans les bras l'un de l'autre, partageant un baiser doux, presque triste, comme s'il scellait nos émotions tourmentées.
　— Dors avec moi, dis-je à son oreille. On verra demain ce qu'on doit faire.

Il acquiesce, retire ses chaussures et sa chemise, et nous nous allongeons dans le lit, sous la couette. Je le sens trembler légèrement, alors je passe un bras sous sa nuque, caresse ses cheveux, en silence. Nous n'échangeons plus vraiment de mots.

Peu à peu, la fatigue l'emporte sur la détresse. La respiration de Julien se fait plus lente. Je ferme les yeux, en pensant à Henry, à la femme de chambre, à toutes ces questions sans réponse. Mais la présence de Julien me rassure. Nous nous endormons l'un contre l'autre, deux âmes perdues qui s'accrochent à une lueur de tendresse.

La lumière du jour me tire d'un sommeil agité. J'entends le

souffle de Julien tout près de moi. Il est déjà éveillé, appuyé sur un coude, me regardant de ses yeux encore rougis.
— Salut, murmure-t-il. Tu as pu dormir ?
— Un peu, oui... et toi ?
— Aussi. Grâce à toi.

Un moment passe avant que ni l'un ni l'autre ne bouge. Nous restons blottis quelques minutes, puis la réalité nous rattrape. La veille, Henry a été arrêté, et nos sentiments sont en lambeaux. Finalement, Julien se lève, ramasse sa chemise froissée et la renfile sommairement. Je fais de même, rajustant mes cheveux en un chignon rapide. Nous allons dans la cuisine, où Élodie boit un café, l'air fatiguée mais pleine de sollicitude.
— Bonjour vous deux, glisse-t-elle en nous tendant des tasses. Comment ça va ?

Julien répond par un vague hochement d'épaules. Ses traits sont marqués, mais il semble un peu plus déterminé. Il avale une gorgée de café, comme si ce geste simple lui donnait du courage, puis se tourne vers moi.
— Rose... j'ai réfléchi. On doit aller voir mon père, tous les deux.

Je sens mon estomac se nouer. Marc, l'associé d'Henry, celui que j'avais cherché à rencontrer avant que tout ne dérape. Je ne suis pas sûre d'avoir la force de l'affronter, de lui raconter ce que j'ai vu. Mais le regard insistant de Julien me pousse à accepter.
— Tu... veux lui dire ? dis-je, hésitante.
— Oui. Il doit comprendre ce qui s'est passé, ce que tu as vu. Sinon, on va se retrouver avec des mensonges et des non-dits. Marc est le seul qui peut nous aider à y voir clair,

ou à organiser la défense d'Henry.
Je hoche la tête. Je ne vois pas d'autre solution. Moi qui voulais justement parler à Marc la veille, me voilà forcée de le faire en présence de Julien, désormais informé de tout sauf de la véritable raison de ma présence dans cet hôtel.
— D'accord, faisons ça.

Je bois une gorgée de café pour masquer mon trouble. Élodie nous observe, les lèvres pincées, mais ne commente pas. Elle sait qu'elle ne peut pas prendre cette décision à notre place.
— On se prépare, propose Julien, déterminé malgré sa voix tremblante. Et on part tout de suite voir mon père, il doit être dans la panique depuis l'arrestation d'Henry.

Il attrape son téléphone et tape un bref message, sans doute à l'intention de Marc. Je sens déjà la boule grandir dans mon ventre, expliquer mon témoignage, accepter qu'on me pose des questions... me confronter à ce que j'ai entrevu.
— Je... Je suis avec toi, Julien, lui dis-je, tentant de lui transmettre un maigre soutien.

Il me lance un faible sourire.
— Merci, Rose. Vraiment. Je... j'ai besoin de toi, plus que jamais.

Et moi aussi, j'ai besoin de lui.

Julien et moi prenons la direction de l'hôtel Beaumont en fin de matinée. La ville nous paraît étrangement silencieuse, comme si elle s'était mise au diapason de notre angoisse. Ni lui ni moi ne parlons dans le métro, chacun perdu dans ses pensées. Je ressens encore la chaleur de sa présence de la nuit dernière, cette proximité consolatrice, mais l'urgence

de la situation nous enveloppe à présent d'un sentiment amer.
Lorsque nous arrivons devant la façade imposante de l'hôtel, je remarque aussitôt une tension inhabituelle. Quelques touristes regardent la porte d'entrée comme s'ils y voyaient un scandale. Des agents de sécurité supplémentaires ont été déployés dans le hall, filtrant chaque entrée avec une vigilance inhabituelle. La nouvelle de l'arrestation d'Henry a visiblement déjà fait du bruit.
— Ça commence mal, murmure Julien, l'air sombre. Le scandale court plus vite que je ne l'imaginais.

J'acquiesce en silence. À l'intérieur, les employés nous saluent avec des sourires crispés. La réceptionniste nous fait un signe de tête entendu, puis nous glisse que Marc nous attend dans son bureau privé. Mon cœur s'accélère. Allons-y, me dis-je, prise d'un frisson.

Le bureau de Marc est un grand espace situé derrière une porte discrète, près de la salle de direction. Il a un style plus moderne que le reste de l'hôtel, parquet clair, des meubles design, quelques tableaux contemporains. En entrant, nous le découvrons, assis derrière un large bureau verni. Aussitôt qu'il nous voit, il se lève, contourne le bureau et vient à notre rencontre.
— Julien... Rose... merci d'être venus, dit-il d'une voix tendue.

Julien s'avance pour serrer Marc dans ses bras, mais celui-ci l'étreint plutôt dans une brève accolade. Je sens la fébrilité de leurs gestes. Marc passe ensuite la main sur son visage, comme pour chasser un mauvais rêve, et m'adresse un regard contrit.
— Je suis... navré de l'atmosphère qui règne. Tout va

de travers depuis hier.

Je perçois dans son regard une sincère détresse, contrastant tant avec l'assurance habituelle qu'il dégage. Nous nous asseyons dans deux fauteuils face à son bureau. Marc fait le tour pour reprendre place de l'autre côté, l'air brisé.

— Alors, papa, tu… tu as pu voir Henry ? demande Julien, la voix incertaine.

Le visage de Marc se crispe. Ses yeux se voilent d'émotion.

— Oui, j'y suis allé ce matin, dès que j'ai pu. Il est en garde à vue dans un commissariat de Paris…

Il inspire profondément, laissant filer quelques secondes avant de poursuivre :

— Maria… la femme de chambre a déposé plainte pour agression sexuelle. Vous vous doutez bien que c'est un séisme. Non seulement pour Henry, mais pour l'hôtel. Pour nous tous.

Maria. J'apprends ainsi le prénom de la jeune femme que j'ai surprise en pleurs. De son côté, Julien se redresse légèrement :

— Henry clame son innocence, non ? Il n'a rien fait ?

Le regard de Marc se trouble. Il opine lentement :

— Oui… oui, il nie tout en bloc. Il prétend qu'il est tombé sur Maria par hasard, qu'elle criait déjà, qu'il s'est affolé et qu'il est parti parce qu'il avait peur que ça s'ébruite… Je ne sais plus quoi penser…

Il se prend la tête entre les mains, puis se ressaisit, posant ses coudes sur le bureau pour nous dévisager. Je sens qu'il essaie de demeurer le patron sûr de lui, mais sa voix le trahit :

— Henry m'a toujours semblé exemplaire, jamais je

n'ai imaginé qu'il puisse être accusé de quelque chose d'aussi… abominable. Je veux le croire, mais… le dossier semble accablant. Maria a un certificat médical qui prouverait des violences.
Un long silence tombe dans le bureau. Je sens Julien frémir à mes côtés. L'évocation de preuves de violence lui noue la gorge, et moi, ça me ramène brutalement à ce que j'ai vu : le visage tuméfié de Maria, ses sanglots. Pourtant, Henry affirme n'y être pour rien…
— Et vous… comment gérez-vous tout ça ? finis-je par demander, la voix hésitante.
Marc relève les yeux, son expression se durcit en une grimace de chagrin et de rage contenue.
— Je ne le gère pas. Je… j'essaie de sauver les meubles. Les médias ont déjà eu vent de l'affaire. Un journaliste m'a appelé ce matin, il voulait un communiqué officiel de l'hôtel. Du coup, je dois gérer la communication pour éviter qu'on nous compare à d'autres scandales d'agressions. Cet hôtel, vous le savez, c'est l'œuvre de ma vie… de notre vie, à Henry et moi.

Il soupire lourdement, se masse les tempes.
— C'est un cauchemar. Je dois protéger la réputation de l'établissement, veiller au moral des employés… et pendant ce temps, Henry est enfermé, peut-être à tort, ou peut-être…
Il ne termine pas sa phrase, mais je comprends ce qu'il s'apprêtait à dire : peut-être qu'Henry n'est pas si innocent.

Je vois Julien jeter un coup d'œil dans ma direction. Nous sommes là, face à Marc, venus précisément pour faire la lumière sur ce que j'ai observé.
— Papa… commence Julien d'une voix douce, Rose… a quelque chose à te dire.

Le regard de Marc se pose sur moi, surpris, puis inquiet. Je déglutis. « *C'est le moment, Rose* », me dis-je, avec un nœud dans la gorge, je raconte de nouveau ma version de la scène. Marc m'écoute attentivement, son visage se détendant parfois pour exprimer une peine infinie ou en se crispant comme s'il voulait réfuter mes mots.
— Je ne prétends pas détenir la vérité, mais c'est ce que j'ai vu. J'étais tellement choquée que j'ai fui. J'ignore s'il y a une autre explication.

Marc soupire, appuie son dos contre le dossier de son fauteuil et ferme les yeux. De toute évidence, mes paroles l'anéantissent : elles correspondent à ce que Maria a décrit dans sa plainte, confortant la thèse du passage à l'acte d'Henry ou du moins qu'il était là au mauvais moment.
— C'est vraiment terrible…, lâche-t-il en passant la main sur son front. J'aurais voulu croire à un malentendu complet. Là, ça colle avec la plainte de Maria.

Julien, à mes côtés, ne peut retenir un geste de réconfort envers Marc. Il pose sa main sur son avant-bras et murmure.
— On n'est pas encore sûrs. Peut-être qu'Henry a dit vrai, il était déjà sur place, il a paniqué en entendant Maria crier. Rose n'a aperçu que quelques secondes de la scène…

Je le vois essayer de rassurer Marc, et ça me fend le cœur. Il veut désespérément que l'innocence d'Henry soit confirmée. Même moi, je ne veux pas croire que le père que je cherche soit coupable, je n'ai pas assisté à l'acte lui-même, mais la coïncidence est effroyable.
Marc prend une grande inspiration, secoue la tête, comme pour reprendre pied dans sa fonction de dirigeant.
— Quoi qu'il en soit, la police va mener son enquête. Ils interrogeront le personnel, probablement toi aussi, Rose,

puisque tu as été témoin de quelque chose. On doit s'y préparer.
— Je suis prête à dire ce que j'ai vu, dis-je simplement.

Il acquiesce, le regard reconnaissant, puis se tourne vers Julien.
— Tu es au courant de l'ampleur que ça prend, Julien ? Les médias, les blogueurs... tout le monde veut un scoop. Henry est une figure importante dans l'hôtellerie. Les gens se régalent de scandales. C'est ton héritage.

Il martèle ses mots, la voix pleine d'amertume. Je devine la catastrophe que représente, pour eux, le moindre titre du genre « Directeur d'un palace parisien accusé de viol ».
— Qu'est-ce que tu vas faire ? demande Julien.
— J'ai déjà rédigé un communiqué minimal pour la presse. Je dis qu'Henry collabore avec la justice, qu'il nie fermement les faits, et que l'hôtel Beaumont continue à accueillir ses clients avec la même excellence qu'avant.

Il passe une main tremblante sur un dossier posé sur son bureau, comme s'il caressait une plaie ouverte.
— Mais c'est de la poudre aux yeux, Julien. Si on le juge coupable, tout peut s'effondrer. Nous sommes les deux têtes de cet hôtel depuis des années. Si l'une de ces têtes est un violeur, c'est la fin de notre réputation.

Un silence s'installe. J'ai le cœur noué à l'idée de ce qu'Henry traverse, mais aussi par empathie pour Marc et pour tout le personnel. Certains ont peut-être déjà des doutes, d'autres se sentent trahis, et moi... je me sens piégée, au milieu d'un chaos.
Finalement, Marc se redresse, tente de retrouver un semblant de maîtrise. Il observe Julien, puis moi, avec une

gravité profonde.
— Merci d'avoir eu le courage d'en parler, Rose. Je ne veux pas te faire porter le fardeau de cette histoire. Quoi qu'il arrive, c'est la justice qui tranchera.
— Je sais, dis-je d'une voix faible.

Il marque une pause, puis reprend plus doucement.
— Je compte aller voir Henry encore, demain ou après-demain, selon la possibilité d'un parloir. Je vous tiendrai au courant si j'ai des nouvelles. Peut-être que tu pourrais le voir aussi, Julien.

Julien acquiesce, la bouche pincée. Je sens que l'idée de confronter Henry, qui pourrait être innocent ou monstrueusement coupable, le terrifie. Mais l'espoir d'un dialogue le maintient debout.

— D'ici là, je ferai ce que je peux pour calmer la presse et protéger l'hôtel, poursuit Marc. J'ai mal au cœur de devoir privilégier l'image pendant qu'Henry croupit en cellule, mais je n'ai pas le choix...

Le sens des priorités semble décalé. Henry est enfermé, Maria souffre, et Marc, lui, se débat avec une urgence médiatique.

Au bout d'un moment, nous nous levons, conscients que Marc est épuisé et que nous n'avons pas grand-chose à ajouter pour l'instant. Je le vois esquisser un demi-sourire triste, avant de nous raccompagner à la porte de son bureau.
— Merci... d'être passés. On affrontera ça ensemble, autant que possible.

Il me serre brièvement la main, puis serre Julien dans ses bras.
En nous éloignant dans le couloir, Julien effleure ma main

du bout des doigts, un geste timide mais réconfortant. Aucun de nous ne parle. Chacun mesure la gravité de la situation.
— On y verra plus clair, j'espère, lâche finalement Julien dans un soupir.
Je baisse les yeux. « *Oui, j'espère* », me dis-je, tout en redoutant le moment où la réalité nous frappera de plein fouet. Car si Henry est coupable, la vie de tant de gens risque de s'effondrer... et si Henry est innocent, c'est encore un nouveau mystère à élucider pour prouver qui a réellement fait du mal à Maria.

Dans la lumière dorée des couloirs, nous quittons l'aile de direction. L'hôtel Beaumont, d'ordinaire baigné d'un parfum de luxe et d'assurance, semble résonner d'une tension sourde. Certains employés chuchotent à notre passage, visiblement, la rumeur court déjà que nous venons d'avoir un entretien avec Marc à propos d'Henry.
— Tu as envie de rentrer ? murmure Julien.

Je hoche la tête. Ni l'un ni l'autre n'avons la force de rester dans ce décor devenu oppressant. Nous gagnons rapidement l'ascenseur, traversons le hall sans un mot et rejoignons la rue. Le ciel est gris, l'air est plus frais que le matin, comme si la ville elle-même retenait son souffle.
Nous prenons le chemin de l'appartement de Thomas. Le silence, entre nous, en dit long. Je ressens, sans bien le comprendre, le besoin de parler, de me confier. Mais je ne sais pas par où commencer. Chaque fois que je tente de formuler un mot, je repense à la scène. J'en suis presque à oublier ma propre quête, celle de retrouver mon père, celle de la vérité, laquelle se mêle à présent à un possible crime.

Lorsqu'on pousse la porte de l'appartement, on retrouve

Élodie. À notre vue, elle lève la tête, parcourt nos visages de son regard perçant et comprend aussitôt que la situation s'est encore dégradée.
— Alors ? Qu'est-ce qu'il a dit ? lance-t-elle, inquiète.
Julien se contente de hocher la tête, se dirigeant vers la cuisine, comme pour fuir la conversation. Je retire ma veste.
— Henry est toujours en détention, Maria a déposé plainte… Marc est bouleversé… Il doit gérer l'hôtel et la presse, dis-je.

Élodie acquiesce, son expression se faisant grave. Elle referme son ordinateur et s'approche de moi.
— Tu as pu lui dire ce que tu avais vu ?
— Oui… Il a accueilli la nouvelle avec la même détresse que tout le monde.

Julien, dans la cuisine, ouvre un placard à la recherche d'un verre. Je sens ses mouvements brusques, sa respiration saccadée. Malgré la proximité que nous partageons maintenant, je sais à quel point il est meurtri. Alors, pour l'instant, je préfère lui laisser un peu de marge.
Élodie s'assoit sur le canapé. Je la rejoins, m'enfonce à ses côtés. Sa présence me rassure, un doux rappel que je ne suis pas seule face à tout ça.
— Tu comptes aller voir Maria ? Me demande-t-elle au bout d'un instant.

Sa question me désarçonne. Au fond de moi, j'aimerais comprendre ce qui s'est vraiment passé, entendre la version de Maria. Pourtant, une sorte de pudeur ou de peur me retient. Cette femme a subi un grave traumatisme, et, la dernière fois que je l'ai vue, elle était en pleurs, terrorisée.
— Pour le moment, non… je ne peux pas, Élodie. J'ai trop peur de la bouleverser encore plus. Et puis… je ne sais

pas si elle voudrait me voir.
Élodie acquiesce, un voile de compassion dans ses yeux. Nous retombons dans le silence. Julien revient alors dans le salon, un verre d'eau à la main. Son visage est fermé, mais son regard a retrouvé un peu de douceur lorsqu'il croise le mien.
— Je ne sais pas non plus si je veux la rencontrer, dit-il soudain, comme s'il avait surpris notre échange. Je ne me sens pas légitime. Et puis, je ne saurais même pas quoi lui dire…

Il avale une gorgée d'eau, puis s'assoit sur un tabouret en face de nous, pris entre l'envie de comprendre et la crainte de découvrir que Henry est vraiment coupable. Je note la tension dans ses épaules, son dos légèrement voûté.

Nous discutons de bric et de broc, essayant de mettre de l'ordre dans nos idées. Julien envoie rapidement un texto à Marc pour savoir s'il y a du nouveau. Pas de réponse.
— Ce qui me fait le plus mal, lâche enfin Julien, c'est de ne pas savoir si Henry dit la vérité. Il a toujours été un homme intègre à mes yeux… mais…
Il ne termine pas sa phrase. Je ferme les yeux, songeant à ce que j'ai lu dans le regard d'Henry, ce jour où je l'ai aperçu dans les couloirs, confiant, imposant. Comment aurais-je pu imaginer le voir accusé d'une telle horreur ?
— Je le connais à peine, mais… c'est aussi un choc pour moi.

Élodie nous observe tour à tour. Elle ne nous interrompt pas, se contentant de prendre l'une de mes mains dans la sienne, comme pour m'ancrer dans le présent.

Un peu plus tard, Élodie s'éclipse dans sa chambre. Julien et moi restons dans le salon, plongés dans une pénombre que la lampe halogène peine à dissiper. Il me regarde alors d'un air grave.

— Rose, je... je ne sais pas comment avancer. J'ai l'impression d'être emporté par un tourbillon. J'ai juste... envie de croire en son innocence.

Une part de lui me demande presque : *« Toi qui as vu la scène, dis-moi qu'il est innocent ».* Mais je ne peux pas me résoudre à mentir ou à nier la réalité. J'articule, la voix un peu tremblante.

— Je ne sais pas quoi te dire, Julien. Je ne l'ai pas vu la main dans le sac, comme on dit. Mais c'était tellement troublant... Et Maria semblait vraiment en état de choc.

Son visage se défait, et il baisse la tête. Pour conjurer le malaise, je me redresse.

— On peut aller prendre l'air ? Marcher un peu ?

Il esquisse un maigre sourire. Au point où nous en sommes, rester enfermés ne nous aidera pas à apaiser nos esprits. Nous quittons donc l'appartement, descendons l'escalier en colimaçon, et sortons dans la nuit parisienne. Les lampadaires diffusent une lueur orangée sur les trottoirs humides, la rumeur de la ville enfle au loin, et quelques cafés encore animés jettent des éclats de rire dans l'atmosphère. Nous avançons sans but précis, les mains dans les poches, cherchant dans la rue un antidote à l'angoisse.

Peu à peu, la conversation se fait plus légère : on commente le charme des vieux immeubles, la lueur des réverbères sur le pavé, le vent qui fait danser les branches des arbres. À mesure que nous progressons, je sens le souffle de Julien se calmer. Et puis, nos mains se frôlent, d'abord par inadvertance, le long de nos manteaux. Un frisson me saisit, un frisson de désir inattendu, presque coupable au vu de la situation.

Je glisse alors un regard vers lui, et je vois dans ses yeux le même trouble, la même envie. Sous un porche, un peu à l'abri, Julien me tire doucement par la main. Mon cœur tambourine. Nous sommes loin de l'hôtel, loin de Marc, loin d'Élodie, juste tous les deux dans cette ville endormie qui nous semble soudain offrir un répit. Nos respirations s'accélèrent. Comme aimantés l'un par l'autre, nous laissons nos manteaux s'entrouvrir, et la chaleur de nos corps se rejoint dans la fraîcheur nocturne. Julien pose une main sur ma taille, m'attire à lui. Son visage se penche, et je sens son souffle caresser mes lèvres.

— Rose… murmure-t-il, dans un souffle qui résonne autant comme un appel que comme une prière.

Je laisse échapper un léger gémissement quand ses lèvres effleurent les miennes, d'abord du bout, puis plus intensément. Un feu s'éveille alors en moi, consommant mes angoisses. Son baiser se fait urgent, tout comme l'étreinte de ses doigts sur mes hanches.
Nous échangeons un baiser long et pressé, nos mains explorant sans retenue. Les siennes glissent d'abord sur mes reins et remontent jusqu'à ma poitrine. Sous le tissu de mon haut, je frémis en sentant ses paumes chaudes frôler la courbe de mes seins. Un frisson électrique me traverse quand ses doigts effleurent mes tétons, à travers le tissu ; la sensation est d'autant plus forte qu'on se trouve dans la rue, en pleine nuit, avec pour seul témoin la lueur tremblante d'un réverbère.
Je laisse échapper un soupir qui se perd dans notre étreinte,

les battements de mon cœur résonnent à mes tempes, mélange de désir et de culpabilité, car la situation est si sombre.

Julien abandonne alors mes lèvres pour glisser sa bouche jusqu'à mon cou, déposant des baisers ardents sur ma peau tout en glissant ses doigts dans mon jean. Je m'agrippe à son manteau.
— C'est fou…, tu as remarqué ? murmure-t-il, la voix haletante, son front collé au mien. On est dans la nuit, seuls, et… et j'ai envie de toi, comme si tout le reste n'existait pas.

Je réponds par un baiser passionné, mordant à peine sa lèvre, m'enivrant de son odeur. Je sens sa main se faire plus franche, qui repasse sous mon manteau pour découvrir pleinement mes seins, cette fois sans barrière. Ses doigts redescendent. Ma propre main, glissant sous sa chemise, découvre la chaleur de sa peau, la tension de ses muscles. Nos souffles s'entremêlent dans le silence, l'excitation monte.
— Chez moi, tout à l'heure, je… je lâche, presque en tremblant, le regard brillant de désir.

Julien hoche la tête, un sourire illuminant son visage. Pourtant, on ne se détache pas tout de suite. On prolonge ce baiser.

Main dans la main, nous quittons ce recoin de la nuit, le sang encore en ébullition. Nous pressons le pas dans le quartier, presque comme deux adolescents fuyant un couvre-feu, l'envie brûlant nos veines. L'appartement n'est plus très loin ; je sens déjà en moi le frisson d'un nouvel élan de passion. Pourtant, la réalité nous rattrape quand je sens mon téléphone vibrer avec insistance dans ma poche.

— Merde !
Je soupire, m'arrêtant à quelques mètres de la porte de l'immeuble.
Julien s'arrête aussi, l'incompréhension peinte sur ses traits. En jetant un coup d'œil à l'écran, je vois un numéro inconnu, rien de familier. Je décroche, la voix encore haletante, mes vêtements à peine remis en place après nos caresses.
— Allô ?
— *Madame Rose Delacourt ? Ici, le commissariat du XIe arrondissement. Nous aimerions vous convoquer pour recueillir votre témoignage au sujet de l'affaire concernant M. Henry Beaumont.*
Le choc me ramène instantanément à la réalité. Je croise le regard de Julien, qui comprend aussitôt de quoi il s'agit. La police, et non un simple appel de courtoisie.
— *Vous... vous souhaitez me voir... quand ?*
— *Dès que possible. Une convocation officielle vous sera envoyée, mais nous préférons éviter d'attendre. Pouvez-vous passer demain en fin de matinée ?*

Un nœud se forme dans mon ventre. J'acquiesce, bien que ma voix se fasse à peine audible. J'espérais que ce moment se ferait plus tard. Mais voici déjà la réalité qui reprend ses droits.

J'échange quelques formules avec la policière, puis raccroche, la main moite et le cœur battant la chamade.
— La police, c'est ça ? demande Julien à demi-voix.

Je hoche la tête, rangeant mon téléphone.
Julien pose alors une main sur ma joue, capturant mon regard.
— On va y aller ensemble, dit-il. Même si je ne peux

pas rentrer avec toi dans le bureau des policiers, je veux te soutenir.

— Merci...

Dans un élan plus tendre, je me hisse sur la pointe des pieds pour l'embrasser, plus vulnérable cette fois. L'exaltation torride s'est muée en un besoin de réconfort. Toute la fièvre de nos caresses nocturnes se teinte d'une ombre nouvelle. Et pourtant, ce moment m'est aussi vital que l'air que je respire.

Nous franchissons la porte de l'immeuble, montons rapidement l'escalier. Une fois dans l'appartement, les yeux de Julien croisent les miens. Je sais qu'il désire me prendre dans ses bras. Moi aussi, j'ai envie de le sentir contre moi, mais l'angoisse du lendemain me noue le ventre.
La nuit nous appartient, pour un temps encore. Demain, je devrai faire face aux questions des enquêteurs. Je ferme les yeux, tandis que Julien m'entraîne dans la chambre, m'arrache à mes doutes pour un moment. Dans le halo discret de la lampe de chevet, nous nous égarons l'un dans l'autre, dans le prolongement de cette étreinte entamée sous les étoiles. Jusqu'à ce que l'aube, et la police viennent nous rattraper.

* * *

Je me réveille en sursaut, la tête encore embrumée. Le jour a à peine pointé son nez, et déjà je sens une boule dans mon estomac. Ce matin, je dois me rendre au commissariat, et cette idée me tétanise.

Dans le salon, je retrouve Élodie, inquiète de mon air fermé.
— Alors, prête ? demande-t-elle d'une voix douce.

— Prête... c'est beaucoup dire. Mais je vais y aller.

Elle esquisse un sourire compatissant. Je perçois qu'elle aimerait m'accompagner, pourtant la police a été claire, ils veulent m'entendre seule, en tant que témoin principal. J'avale un café sans goût, glisse mes affaires dans mon sac. C'est alors que Julien sort de la chambre, encore en tee-shirt.

— J'ai mis un réveil exprès, souffle-t-il. Je vais y aller avec toi, au moins jusqu'à l'entrée du commissariat. Je ne veux pas que tu sois seule dans le métro, après tout ça.

Un mince sourire m'échappe. Je sais qu'il se sent impuissant, mais sa présence m'apaise. Je le remercie d'un geste, et nous quittons l'appartement.

Nous nous engageons dans les couloirs du métro, happés par la foule matinale. L'ambiance est tout à fait normale : des gens pressés, des publicités colorées, une voix monotone annonçant les stations. Mais, en moi, tout résonne différemment : je répète mentalement ce que j'ai vu ce jour-là, la silhouette d'Henry qui sortait de la suite, la scène brève, la détresse de Maria. Vais-je trouver les bons mots pour le décrire ?

Julien perçoit mon trouble. De temps à autre, il me serre la main sur la barre du métro, comme pour me raccrocher à la réalité. Quand nous arrivons à la station près du commissariat, mon cœur bat la chamade. Nous sortons sur le trottoir, nous repérons rapidement la façade grise du poste de police.

— Ça va aller, murmure Julien en me prenant une seconde dans ses bras.

— Merci... je... j'espère qu'ils ne vont pas me prendre pour je-ne-sais-quoi, ni me mettre la pression.

J'ai le vague espoir que tout soit rapide, juste un formulaire, quelques questions. Mais au fond de moi, je sais que c'est plus compliqué. Les enquêteurs ne vont certainement pas bâcler leur travail.
— J'attends dehors ou dans un café, propose Julien. Tu m'appelles quand tu sors, d'accord ?
— D'accord.
Je l'embrasse d'un geste nerveux, m'arrachant à son soutien, puis je pousse la porte du commissariat, le ventre noué.
À l'intérieur, l'air est plus sec, saturé d'odeurs de café et de papier. Un comptoir se dresse face à moi, où un policier prend note des arrivées. J'explique mon rendez-vous, il consulte rapidement un registre, me fait signe d'attendre sur une chaise grinçante. Plusieurs personnes patientent déjà, l'air fatiguées ou stressées. Je m'assieds, observant discrètement le décor spartiate, des murs couleur crème, des affiches de prévention et des néons blafards.

Quelques minutes plus tard, une femme aux cheveux courts, la quarantaine, se présente, c'est l'inspectrice Belon, c'est sans doute celle qui est chargée de m'interroger. Elle me salue d'un air professionnel.
— Mademoiselle Delacourt ? Suivez-moi, s'il vous plaît.

Je me lève et la suis dans un couloir étroit, jusqu'à un bureau exigu où trône un ordinateur, quelques dossiers et deux chaises. Elle m'invite à m'asseoir, puis ferme la porte derrière nous.
Je prends place sur la chaise en face du bureau, l'inspectrice Belon s'installe de l'autre côté, ajustant ses lunettes. À côté d'elle, un homme plus âgé, apparemment un lieutenant, feuillette un dossier sans me regarder. L'atmosphère est très

formelle.
— Mademoiselle Delacourt, merci d'être venue. Comme vous le savez, nous enquêtons sur une plainte pour agression sexuelle déposée par une certaine Maria L, à l'encontre de M. Henry Beaumont. On nous a indiqué que vous étiez présente dans l'hôtel au moment des faits.

Je déglutis, mes doigts se crispent sur mon sac. Je hoche la tête en silence, signe que j'ai compris.

— Nous avons déjà un rapport de l'équipe qui a recueilli les premières dépositions, ajoute Belon, mais nous souhaiterions entendre votre version directe. Pour commencer, pourriez-vous me dire depuis quand vous travaillez à l'hôtel Beaumont ?

Je prends une profonde inspiration, m'efforce de répondre clairement.

— Ça fait… seulement quelques semaines, en réalité. Je suis nouvelle. Je suis femme de chambre, je voulais m'insérer doucement dans le personnel.

L'inspectrice opine, note quelques mots sur son bloc. Elle me demande ensuite comment j'ai croisé Henry Beaumont ce jour-là. Je raconte que je nettoyais le sixième étage, que j'ai entendu des cris dans une suite, que je suis tombée sur Henry qui sortait.

— Pouvez-vous décrire précisément la scène ? insiste-t-elle.

Mon récit sort d'une traite : les cris, la porte entrouverte, la femme de chambre blessée. Puis Henry, sa silhouette, sa démarche précipitée, son air nerveux. Je précise que je l'ai bien reconnu, malgré ma panique.
L'inspectrice Belon m'écoute attentivement. De temps à

autre, son collègue m'interrompt pour me demander de préciser l'heure approximative, la position d'Henry dans le couloir, l'éclairage, etc. J'essaie de rester factuelle, mais je sens le stress monter, la peur de dire un mot de travers.
— Vous dites que vous avez vu Mme L, en larmes, blessée, et M. Beaumont quittant la suite. Avez-vous constaté d'autres indices ? Entendu une dispute, un combat ?

Je secoue légèrement la tête, me mordant la lèvre.
— Je n'ai entendu que ses cris étouffés, comme un appel à l'aide. Quand j'ai franchi la porte, elle était déjà au sol, en pleurs. Henry, enfin, M. Beaumont n'était plus là. Je... je n'ai pas vu de lutte concrète, ni de violence directe.

Je sens le regard du lieutenant se poser sur moi. Il fronce les sourcils.
— Pourtant, vous avez tout de suite pensé à une agression, non ?
— Oui, parce que Maria avait l'air vraiment bouleversée. Et j'ai vu des marques sur ses bras, elle se plaignait qu'on l'ait maintenue de force, je crois.
L'inspectrice Belon note quelque chose, puis relève les yeux.
— M. Beaumont prétend qu'il est arrivé par hasard, qu'il a entendu crier, et qu'il s'est affolé en comprenant qu'une employée était en difficulté. Ensuite, il aurait fui pour éviter qu'on l'accuse injustement. Qu'en pensez-vous ?

Sa question me déstabilise. Cherche-t-elle mon opinion personnelle ou simplement les faits objectifs ? Je déglutis, me souvenant que je suis juste un témoin factuel.
— Je... je ne saurais dire. Je l'ai vu partir, c'est tout. Il

semblait agité, nerveux. J'étais moi-même sous le choc. Je ne m'attendais pas à cette scène.
— Compris, souffle l'inspectrice.
Au fil des questions, j'appréhende qu'elle ne me demande quel lien personnel j'ai avec Henry. Par chance, ou peut-être parce qu'ils ignorent tout, la police se cantonne à sa position hiérarchique : « Votre patron, votre supérieur direct ? ». Je réponds que non, il est le patron de l'hôtel, je ne l'avais jamais rencontré avant mon embauche.
— Êtes-vous certaine de n'avoir aucun autre lien avec M. Beaumont ? insiste Belon. Juste votre employeur ?
— Juste l'employeur, oui.

Mon cœur bat à tout rompre. Mentir comme ça, me fait me sentir coupable, mais je choisis de répondre aux questions strictement liées à l'agression.

Après une bonne heure, l'inspectrice referme son bloc-notes, son collègue tape quelques lignes sur l'ordinateur. Ils me remercient, indiquent que je pourrais être rappelée si un complément est nécessaire. Je me lève, les jambes tremblantes.
— Merci de votre coopération, mademoiselle. Vous pourriez potentiellement servir de témoin si un procès a lieu.
— D'accord... merci, dis-je.

Belon m'accompagne jusqu'à la porte, me donnant un sourire poli, sans chaleur. Derrière moi, le couloir m'apparaît long, comme un tunnel d'où je voudrais m'échapper. J'atteins la sortie, le cœur encore battant.

Dès que je franchis la porte du commissariat, je vois Julien qui m'attend sur un banc un peu plus loin. Il se lève aussitôt.

— Ça va ? demande-t-il.
— Je crois, oui. C'était long, un peu stressant, mais… je leur ai tout raconté.

Nous nous éloignons, laissant derrière nous ce lieu où la justice se met en marche. Je me sens exténuée, comme si j'avais couru un marathon. Julien, le bras posé sur mes épaules, me guide vers un café du coin. Nous commandons deux chocolats chauds, histoire de se réchauffer le cœur et les mains.
— Ils t'ont dit quoi ? s'enquiert Julien après un silence.
— Qu'ils me rappelleront si besoin. Et qu'en cas de procès, ils pourraient me convoquer. J'ai raconté ce que j'ai vu…

Je croise son regard. J'y lis une forme de soulagement teinté d'inquiétude. Il n'ose pas me demander plus de détails, comme s'il craignait de rouvrir une plaie.
— On va attendre la suite, alors, murmure-t-il, la voix brisée. Henry reste en détention pour l'instant… Maria maintient sa plainte…

Je hoche la tête. Oui, on n'a plus qu'à attendre. L'avenir paraît sombre, et j'ignore si mon témoignage va aggraver les choses ou, au contraire, aider à y voir clair.. Au fond de moi, je sens que je ne pourrai pas éternellement cacher à la police et à Julien le fait qu'Henry est mon père. La vérité finira par éclater, et je prie pour que ce ne soit pas trop tard.

Chapitre 6 : Julien

Je prends une grande inspiration en poussant la porte vitrée du centre de détention provisoire. L'air y est lourd, saturé de tension et de culpabilité. J'ai déjà eu l'occasion de franchir le seuil d'un poste de police, pour de banales formalités ou pour signaler un vol à l'hôtel, mais jamais dans ce contexte-ci, jamais pour rendre visite à un homme que je considère comme un mentor, voire un second père.

Un agent d'accueil me demande mon nom, vérifie ma pièce d'identité, puis me conduit jusqu'à une salle étroite et impersonnelle. Les néons agressent mon regard, la peinture grise des murs me donne la nausée. Quelques chaises, une table. Rien d'autre. Tout est conçu pour qu'on ne s'y attarde pas.

— Vous avez quinze minutes, monsieur Pelinot, me lance l'agent en refermant la porte derrière moi.

Je n'arrive pas à croire que Henry, l'homme que j'ai toujours vu comme infaillible, autoritaire, mais juste, cofondateur de l'hôtel Beaumont avec mon père, se retrouve derrière ces murs. Et pourtant, le voilà qui apparaît, encadré par un surveillant. Il a le visage fermé, la barbe naissante, les traits tirés. Son costume impeccable d'autrefois a cédé la place à des vêtements basiques, trop grands pour lui.

Henry s'approche de la table, hésitant. Son regard croise le mien. Je n'y vois pas la force habituelle, mais un mélange de colère et d'incompréhension, mais surtout de fatigue. Nous nous asseyons l'un en face de l'autre, sans barrière vitrée, mais avec ce surveillant à deux mètres, qui guette. L'ambiance est oppressante.

Je voudrais lui demander comment il va, mais ça me paraît absurde dans ces circonstances. Alors j'entre directement dans le vif du sujet.

— Henry… comment ça va ?

— Comment veux-tu que ça aille ? souffle-t-il d'une voix rauque. Ils m'ont enfermé pour un crime que je n'ai pas commis. Je n'ai même plus les mots. Je suis dans un cauchemar.

Il a l'air si fragile. Je m'étais attendu à des justifications, à le voir se défendre, argumentant d'un complot ou d'une manipulation. Mais il reste presque tétanisé par la situation.

— Alors, dis-moi, qu'est-ce qui s'est passé ? Qu'est-ce que tu as fait, ou pas fait, dans cette suite avec Maria ?

Henry relève un regard hagard vers moi, comme s'il avait peur de me décevoir encore plus.

— Je n'ai rien fait. J'ai entendu des cris, j'ai couru, je l'ai trouvée comme ça, je me suis affolé… Je n'ai jamais agressé qui que ce soit.

La conviction que j'espérais lire dans ses yeux n'y est pas. Il semble si nerveux, si peu sûr de lui. Un doute, insidieux, s'insinue dans mon esprit. Je me force à réprimer la nausée qui monte, me demandant si je ne suis pas en train de voir, malgré moi, la culpabilité d'Henry dans son regard fuyant.

— Mais pourquoi... pourquoi t'accuse-t-elle, alors ? Maria n'a aucune raison de mentir !

Je réalise que ma voix est plus dure que je ne l'aurais voulu. Henry serre les poings, ferme les yeux un instant. Quand il les rouvre, j'aperçois une forme de panique.

— Je n'en sais rien, Julien... Je n'ai pas pu la forcer, je te jure ! C'est absurde. Personne ne me croit quand je dis que j'ai juste voulu m'assurer qu'elle allait bien, puis... j'ai paniqué.

Le surveillant me fait signe que le temps passe. Je vois Henry sursauter, mal à l'aise sous le regard du surveillant. Tout dans son attitude le montre traumatisé, il n'a plus cette prestance, cette assurance tranquille. Au lieu de s'expliquer clairement, il répète des mots vagues.

— Henry... tu devrais être plus... concis, plus clair, rassembler tes arguments. Tout le monde commence à penser que tu es coupable, même Marc ne sait plus quoi dire à la presse.

— Marc... Je sais qu'il est sous pression.

Ses doigts tapotent frénétiquement sur la table, son regard s'échappe vers le mur, puis revient sur moi. Plus les secondes passent, plus je me dis qu'il a l'air accablé. Dans sa bouche, il n'y a pas de justifications réelles. Un silence lourd s'installe. Le surveillant s'approche et nous fait

103

comprendre qu'il reste peu de temps.
— Julien… je t'en supplie, dis à Marc que je suis innocent, que je ne comprends pas ce qui m'arrive.

Ces mots sonnent comme un ultime appel. Pourtant, je n'arrive pas à y lire la force d'une vérité. J'y perçois plutôt la panique d'un homme coincé, qui ne trouve pas le courage de se battre. Et s'il mentait par omission ? Et s'il avait vraiment fait cette horreur ?

Le surveillant nous interrompt, annonçant la fin du parloir. Je me lève péniblement. Henry, lui, se lève aussi, les yeux brillants d'une forme de détresse ou de honte. Nous n'avons plus le temps d'échanger autre chose que des murmures.
— Je te recontacterai, Henry.

Il hoche simplement la tête, avant qu'on l'emmène à nouveau derrière une porte métallique. Je suis tenté de courir après lui, de lui arracher la vérité, ou ne serait-ce qu'un début d'aveu. Mais je reste figé, le cœur plombé. Je voulais être rassuré… je ressors encore plus confus.

Je quitte le centre de détention, l'angoisse nouée dans la poitrine. Une partie de moi croit qu'Henry ne peut pas être un monstre. Une autre se dit que son attitude nerveuse et peu convaincante peut tout aussi bien dissimuler une culpabilité. J'erre quelques minutes dans la rue, avant de décider de prendre un taxi pour rejoindre l'appartement de Thomas. J'ai besoin de Rose.

Quand j'arrive, Rose m'ouvre. Je remarque aussitôt son air soucieux, sans doute encore secouée par son propre interrogatoire.
— Julien… tu es déjà de retour ?

Je hoche la tête, me débarrasse de ma veste. Élodie apparaît au fond du salon et me salue d'un air discret.
Rose s'approche, pose une main légère sur mon torse. Je prends conscience, l'espace d'une seconde, de ce qu'elle représente pour moi.
— Tu veux m'en parler ? chuchote-t-elle.

Un élan me pousse à la serrer dans mes bras. Je perçois l'odeur subtile de son shampoing, je sens la douceur de ses cheveux bruns quand je les frôle. Son visage, que j'aime tant, arbore une beauté simple et vraie, ses pommettes délicates, sa bouche rosée. Je me dis que je ne connais personne dont la présence me rassure autant, et tout ça en si peu de temps.
— Je lui ai parlé, dis-je enfin, les mains toujours posées sur ses épaules. Il ne m'a pas vraiment convaincu.

Rose écarquille les yeux. À ce moment, je la dévisage, prenant conscience à quel point elle est belle, même dans l'angoisse. Son regard noisette, son front lisse où se plissent discrètement des rides d'anxiété, ses lèvres que j'ai déjà goûtées mille fois…
— Que veux-tu dire par « pas vraiment convaincu » ? demande-t-elle.

Je l'entraîne vers le canapé, l'incitant à s'asseoir. Moi, je reste debout.
— Il se dit innocent, évidemment, mais il est si nerveux. Il ne donne aucun détail clair, aucune explication cohérente. On dirait qu'il a peur de tout, qu'il se réfugie dans des phrases creuses, sans vraiment répondre. Je n'ai pas reconnu le Henry fort que j'ai toujours admiré.
J'observe sa réaction. Rose me fixe, attendant que je continue.

— Je sais que c'est horrible à dire, mais... j'ai commencé à penser que c'était peut-être vrai, qu'il a vraiment agressé Maria.

À ce mot, un silence terrible s'abat. Rose me regarde, bouleversée. Je vois ses lèvres trembler. Elle se lève lentement, se rapproche pour prendre mes mains dans les siennes.

— Julien... c'est normal que tu sois perdu. C'est tellement effrayant, cette affaire...

Elle me comprend. J'ai envie de me perdre dans ses bras, de l'embrasser pour chasser mes peurs. Mon regard parcourt alors sa silhouette, son tee-shirt un peu trop grand, révélant une épaule fine, la courbe de ses hanches, ses jambes que j'ai déjà enlacées. Est-ce mal de désirer la tendresse de Rose, alors que Henry croupit derrière les barreaux ?

— Je voulais tant le défendre, dis-je en m'asseyant, attirant Rose à mes côtés. Mais je vois dans ses yeux qu'il n'a pas d'arguments, pas de certitude. Ça me tue, Rose... c'est comme perdre tous mes repères.

— Je sais...

Elle caresse ma joue d'un geste doux.

— On n'a pas le choix : faire éclater la vérité demandera du temps. Et en attendant... on se soutient, d'accord ?

Son regard est profond ; elle doit y lire mon trouble, mais aussi toute l'affection que je lui porte. Rose, si délicate dans sa manière de me rassurer, si forte quand elle affronte ses propres peurs. Je ferme un instant les yeux, inspire son parfum léger. Puis, je laisse ma tête retomber contre le dossier du canapé, lâchant enfin la pression accumulée.

— Je te remercie, dis-je, un peu étouffé. Je ne sais pas ce que je ferais sans toi.

Rose se penche, effleurant mes lèvres d'un baiser timide, comme pour signifier qu'elle est là, avec moi. Malgré la douceur de Rose, mes doutes grandissent, et je ne sais plus si j'ai encore le droit d'espérer un dénouement heureux.

Chapitre 7

Quelques jours ont passé. Des jours qui semblent être des siècles. À l'hôtel, la tempête médiatique est redescendue d'un cran. Certains journaux ont déjà tourné la page et se focalisent sur d'autres scandales. Mais dans les couloirs, un certain silence règne, comme si tout le monde craignait qu'un mot de trop rouvre la blessure.

Je poursuis mes tâches de femme de chambre, comme si de rien n'était, tout en sentant chaque regard posé sur moi. Certains employés me jettent un coup d'œil compatissant, d'autres évitent clairement ma présence. Sans doute savent-ils que j'ai été parmi ceux qui ont témoigné. Chloé essaie parfois de me réconforter d'un discret « *Ça va, Rose ?* » quand nos chemins se croisent.

Ce matin, je viens à peine de finir une suite quand mon téléphone, glissé dans la poche de ma blouse, se met à vibrer. Un message de Julien. Deux mots seulement : « *Le verdict est tombé.* » Mon cœur rate un battement. Je savais

que ça se jouerait ces jours-ci, mais le fait d'en voir la confirmation me coupe le souffle. Je réponds du bout des doigts et attends, les nerfs à fleur de peau.
Un long moment s'écoule. Puis l'écran s'illumine de nouveau :
Condamné. Coupable.

Je sens mes jambes se dérober. Je m'appuie sur la commode, respiration hachée. Henry... coupable. Un frisson me traverse, aussi violent qu'un coup de poignard. Ce grand homme, que j'étais venu chercher pour combler un vide familial, s'avère être un monstre. Je lutte pour garder mon calme.
— Rose ? Tout va bien ?

C'est Chloé, qui passe la tête par la porte restée ouverte. Je force un pauvre sourire.
— Juste... un vertige, je finis par dire. J'ai besoin de cinq minutes.

Elle acquiesce et me laisse. Dès qu'elle disparaît, je me laisse tomber au sol, le dos contre le lit, repliant mes genoux contre moi. Les larmes me montent aux yeux. Henry est un violeur. Ce mot me renverse. Les heures que j'ai passées à fantasmer sur ce père inconnu, à le chercher... Tout s'écroule.

Je ne sais pas combien de temps je reste là, immobile, à tenter de contenir les sanglots. Finalement, j'entends le chariot de linge de Chloé grincer dans le couloir. Je me relève, essuie mes joues et reprends tant bien que mal le cours de ma journée.

Après mon service, je récupère mes affaires et descends par l'escalier de service pour éviter les salutations. À la sortie, je pousse la grande porte-tambour de l'hôtel.
Julien m'attend sur le trottoir, un peu plus loin. Dès que je le vois, l'image d'Henry en prison me revient. Je m'approche de Julien, et sans un mot, je me jette dans ses bras.
— C'est vrai alors... on l'a reconnu coupable, dis-je d'une voix blanche.
— Oui, lâche-t-il.
Nous marchons sans un mot jusqu'au métro. Dans ma tête, c'est un ouragan. Les wagons s'enfoncent dans le tunnel, et je repense à la lettre, à mon grand-père, à la découverte du nom d'Henry Beaumont. Je me revois, si naïve, imaginant un père idéalisé. Comment ai-je pu vouloir le rencontrer ?

Arrivée au pied de l'immeuble, Julien me laisse pour rejoindre Marc. Il m'embrasse pour me dire au revoir, puis s'en va, les mains dans les poches et la tête baissée. Elodie m'attend. Je ne lui laisse pas le temps de parler.
— Je ne veux plus rien savoir de lui, dis-je. Qu'il croupisse en prison. Je ne veux plus jamais le revoir, plus jamais l'approcher.

Ma voix tremble, dans un mélange de rage et de désespoir. J'ai envie de hurler, de briser quelque chose. Pourtant, au fond de moi, une pointe de regret me ronge : ce père... ce père que je n'aurai jamais.
Élodie me caresse l'épaule, l'air démuni.
— Rose, c'est normal que tu sois anéantie, souffle-t-elle. C'est terrible...

Je me dégage et m'assois sur le canapé, le corps vide.
— J'ai couru après des chimères. Mon père est un

violeur, un criminel. Je préfère n'avoir aucun père plutôt que d'en avoir un comme lui.

La page se referme, me laissant un goût amer et une rage sourde. À quoi bon vouloir connaître sa famille ? Henry est condamné, et, dans mon esprit, mon père est mort.

Trois jours se sont écoulés depuis le verdict. Trois jours pendant lesquels j'ai erré comme une âme en peine, même si, paradoxalement, je continue à travailler à l'hôtel. Malgré moi, j'avance. Je ne veux plus penser à Henry, je ne veux plus rêver de ce père que je croyais pouvoir aimer. Je préfère me convaincre qu'il ne représente plus rien pour moi.

Élodie, pourtant, observe mes moindres faits et gestes, et elle a bien vu à quel point mon quotidien est devenu mécanique.
Il est un peu plus de vingt heures quand elle s'engouffre dans ma chambre. Elle tient à la main un énorme sac d'accessoires, un sourire espiègle accroché aux lèvres.
— Rose, ma chérie, ce soir, on sort. Et pas question que tu te défiles !

Je la vois fouiller dans son sac, en sortir du mascara, de la poudre... Elle a le regard brillant, comme une styliste prête à relooker un mannequin. Je croise les bras, à la fois sceptique et amusée.
— Je suis une cause désespérée, tu es sûre ?
— Pas question que tu parles de toi comme ça, Rose Delacourt. Ce soir, tu vas être canon.

Je la laisse faire, un brin fascinée. Dans ce cocon parisien, au milieu des cartons que je n'ai toujours pas rangés, Élodie déploie une énergie folle. Elle me tend une robe, puis une autre, cherchant le bon compromis entre séduction et confort. Finalement, on écarte les robes trop serrées, trop courtes, ce n'est pas moi. Nous optons pour une robe longue en soie vieux rose légèrement décolletée, qui met en valeur la courbe de mes épaules. J'ajoute des escarpins à talons moyens et des boucles d'oreilles pendantes.

— Voilà, c'est parfait, décrète Élodie avec un sourire triomphant. Regarde-toi, tu es sublime.

Je me tourne vers le miroir, surprise de voir que le rose poudré de la robe rehausse l'éclat de mes cheveux bruns. Mes cernes, vestiges des larmes récentes, semblent un peu estompées grâce au maquillage discret qu'Élodie m'a appliqué. J'ai l'air plus vivante, presque lumineuse.

De son côté, Élodie a choisi une robe près du corps, noire, avec un léger décolleté en V, associée à des talons hauts qui mettent en valeur ses longues jambes. Elle a relevé ses cheveux en un chignon flou, quelques mèches encadrant son visage. J'esquisse un sourire.

— Comme toujours, tu es canon, toi aussi.

— On va faire des ravages, nous deux, répond-elle dans un clin d'œil.

Elle me propose de vaporiser un peu de parfum, puis nous attrapons nos sacs à main et filons vers la porte. Pour la première fois depuis des semaines, j'ai un petit pincement d'excitation au creux du ventre, comme si j'avais le droit de m'amuser malgré la tempête qui a dévasté mon existence.
Le taxi nous dépose devant un bar dansant réputé du onzième arrondissement. La façade ne paie pas de mine. Une simple porte peinte en vert sombre, encadrée de deux petites lampes. Mais dès qu'on passe le seuil, une vague de musique aux accents électro-pop, mariée à des rythmes latins, nous cueille. L'endroit est déjà animé.
Le bar occupe un grand espace rectangulaire, avec un comptoir long sur la gauche, derrière lequel s'alignent des bouteilles colorées éclairées par des néons. Au centre, une piste de danse improvisée, aux lumières tamisées, décorée de faisceaux roses et bleus qui balaient la foule. Le sol est

un parquet vieilli, un peu abîmé, qui résonne sous les pas des danseurs. À droite, des tables hautes avec des tabourets, et plus loin, quelques banquettes basses pour se poser, entourées de plantes vertes éclairées par des lampes suspendues.
Élodie me prend la main, m'entraîne vers le comptoir.
— Allez, on prend un verre pour démarrer.

Nous commandons deux cocktails maison, décorés de rondelles d'orange et de feuilles de menthe. Je sirote le mien et sens déjà une effervescence me gagner, un désir de me laisser porter par la fête, au moins pour quelques heures.

La musique s'intensifie. Élodie me lance un sourire complice et se met à bouger au rythme des basses. Je laisse le liquide sucré glisser dans ma gorge, puis je dépose mon verre sur une table haute. Je fais quelques pas de danse, timide d'abord. Des spots colorés balaient la piste, et je me sens presque hypnotisée par la chaleur qui monte des corps en mouvement ainsi que par le mélange de rires et de rythmes.
Élodie, plus audacieuse, m'incite à relâcher les épaules, à basculer un peu plus mes hanches. Bientôt, nos rires éclatent quand on se lance dans des mouvements synchronisés ou qu'on enchaîne des pas maladroits. J'ai l'impression d'être hors du temps, de redevenir une jeune femme insouciante, ou peut-être de l'être pour la première fois.

C'est alors que deux hommes apparaissent, se faufilant entre les danseurs pour nous aborder. Je les remarque du coin de l'œil. Dans la trentaine, avec des chemises bien repassées et un sourire assuré. L'un, grand, brun, répond au prénom d'Alexis, l'autre, plus petit, s'appelle Bruno. Ils nous proposent de danser, ou de nous offrir un autre verre. Élodie, dans son élan festif, accepte de danser un peu avec Alexis, qui se révèle drôle et bon danseur. Moi, je suis encore sur la réserve. Bruno engage la conversation, m'informe qu'il travaille dans la finance, qu'il est un peu stressé et a besoin de décompresser. Ses yeux pétillent, il me montre clairement son attirance, mais je ne ressens pas la moindre étincelle. Poliment, je lui réponds, me concentre sur la musique pour éviter le malaise.

— Je peux t'offrir un verre ?
— Non, merci, j'ai encore le mien.
— Allez, juste un autre, je suis galant.

Je souris vaguement, secoue la tête. Élodie, absorbée, ne voit pas que Bruno m'envahit déjà. Il se rapproche, place des mains trop près de mes hanches. Je pivote pour l'éviter, mais il revient à la charge, argumentant sur le fait que je suis mignonne et que ça ne coûte rien de discuter.

— Je préfère danser seule, merci.

Il rit, pensant que je plaisante. Je commence à me sentir coincée. La musique monte. Élodie est prise dans sa bulle avec Alexis.

— Laisse-moi tranquille, je répète, plus fermement.

Bruno insiste encore, ses mains effleurant presque ma taille. La panique me gagne, car personne ne semble remarquer ma gêne. Je me prépare à l'envoyer promener plus violemment quand une voix bien connue retentit derrière lui.

— Elle vient de dire non. Tu ne comprends pas le français ?

Je lève les yeux et vois Julien, debout, les sourcils froncés, le regard braqué sur Bruno. Il porte un jean et une chemise sombre légèrement déboutonnée. Dans les lumières du bar, il a l'air plus imposant, une aura protectrice que je n'ai jamais autant appréciée.

Bruno se retourne, surpris, et toise Julien.
— Tu es qui, toi ?
— Je suis la personne qui va te faire reculer, si tu continues à la coller, répond Julien d'un ton calme, mais glacial.

Bruno hésite, jauge la carrure de Julien, puis finit par relever les épaules et s'éloigner. Il bougonne un « pfff » et part rejoindre Alexis, qui, voyant la scène, lâche Élodie. Celle-ci réalise enfin et se rapproche de nous.
— Rose, ça va ? Excuse-moi, j'étais distraite, je n'ai pas…

Je la rassure d'un regard, mes nerfs lâchent alors que Julien me prend la main. Je sens la chaleur de sa paume, une vague de gratitude m'envahit. Dans ce tumulte de basses et de lumières, il est venu me sauver, comme un chevalier moderne dans l'arène d'un bar parisien.
Je fais signe à Élodie que tout va bien. Rassurée, elle décoche un clin d'œil et retourne papoter avec Alexis, mais d'un ton plus mesuré, attendant qu'il prouve qu'il n'est pas aussi lourd que son ami. Moi, j'entraîne Julien à l'écart, vers un coin plus calme.
— Merci… tu es mon ange gardien. Mais comment ça se fait que tu sois là ?
— J'ai juste fait ce qu'il fallait, répond Julien. Elodie m'a dit où vous alliez passer la soirée et m'a dit de passer.

Il me détaille, lentement de bas en haut. Je remarque aussi

son parfum, la façon dont ses cheveux frôlent son front. Une pulsion me prend, je veux l'embrasser, maintenant.
Je me jette dans ses bras, enfouissant mon visage contre son cou. Ses bras se referment aussitôt autour de moi, protecteur. Je lève la tête, et nos lèvres se trouvent. Un baiser long, passionné.
J'aime. Je prends conscience de ce mot, si évident, si puissant. C'est plus qu'une attirance, plus que du désir, c'est une certitude qui me réchauffe la poitrine.
— Tu viens chez moi ?
— Oui, mais avant, je veux prévenir Élodie.

Je retrouve Élodie et l'informe que je souhaite partir. Alexis, visiblement à l'aise, propose de la raccompagner plus tard en taxi. Ils s'éloignent, déjà en train de discuter d'un prochain concert.

Nous sortons du bar, main dans la main. Quelques minutes de marche nous suffisent pour trouver un taxi. Durant tout le trajet, je garde mes doigts mêlés aux siens, l'adrénaline redescendant peu à peu.
— Tu habites loin ? Je ne suis encore jamais allée chez toi.
— Non, c'est dans le 10e, un loft au dernier étage d'un vieil immeuble réhabilité. Tu verras, c'est… spécial.

Au bout d'un quart d'heure, le taxi s'arrête devant un immeuble dont la façade a conservé un cachet industriel : grandes fenêtres, murs de briques apparentes. Nous gravissons quatre étages d'un escalier métallique, et Julien ouvre une porte coulissante en métal brossé.
Le loft s'ouvre à moi comme un vaste espace en open-space, baigné d'une lumière tamisée. De hauts plafonds laissent voir une charpente métallique peinte en blanc. Les

murs sont en partie nus, exposant des briques rouges, et certaines surfaces sont recouvertes de grandes toiles abstraites. Au sol, un parquet clair, ponctué de tapis moelleux. Vers le fond, de larges baies vitrées donnent sur des toits parisiens. Les lumières urbaines scintillent au loin, se reflétant dans la vitre.

— Waouh, c'est… magnifique, dis-je, impressionnée par l'atmosphère à la fois brute et élégante.

À gauche, une cuisine ouverte avec un îlot central, en acier poli, un petit salon cosy, doté d'un grand canapé gris anthracite et d'une table basse en verre. À droite, un escalier en métal monte vers une mezzanine, où semble se trouver la chambre.

Julien dépose ses clés sur un comptoir, se tourne vers moi.

— Je viens rarement ici ces derniers temps, disons que je passe mes soirées chez toi, alors c'était un peu à l'abandon. J'espère que tu t'y sentiras bien.

Sa voix laisse transparaître une certaine nervosité, comme s'il me livrait une part de lui. Je croise son regard, un sourire naissant sur mes lèvres.

— Je m'y sens déjà bien.

Julien m'invite à m'asseoir sur le canapé, allume une petite lampe d'ambiance aux teintes chaudes. Il me demande si je souhaite quelque chose à boire. J'opte pour un verre de vin, histoire de prolonger la soirée sans retomber dans l'agitation précédente. Il sort une bouteille de rouge d'un petit cellier vitré, attrape deux verres qu'il dispose sur un plateau.

— Un Saint-Émilion, ça te va ?

— Parfait, dis-je avec un sourire complice.

La robe du vin est pourpre, son parfum fruité emplit l'air quand il me tend le verre. Nous trinquons doucement, dans

un silence où les regards en disent long. Je sirote une gorgée, sentant la chaleur du vin se diffuser en moi. L'éclairage tamisé, le contraste avec la nuit parisienne derrière la baie vitrée... tout invite à la détente.
— Rose...
La voix de Julien se fait plus grave.
— Il y a quelque chose que... je dois te dire.
Je repose le verre sur la table basse.
— Oui ?
Il s'approche, me prend délicatement la main. Ses yeux cherchent les miens, et je vois dans son regard un éclat d'émotion.
— Je pense que je suis amoureux de toi. Non... je t'aime, tout simplement.
Je sens un flot de chaleur irradier ma poitrine. Son aveu est direct, bouleversant de sincérité. Mes yeux s'humidifient, je sens une vague de joie me submerger.
— Julien... Moi aussi, je t'aime.

Mon murmure se mêle à un sourire tremblant. Je vois un soulagement immense dans son visage. Il glisse une main sur ma joue, effleure mes lèvres d'un baiser tendre.
Je me relève un instant, entraînée par un élan. Nous nous dirigeons vers l'escalier métallique qui monte à la mezzanine. En grimpant quelques marches, je jette un regard en arrière. Lui, me suivant, le regard enflammé, la chemise déjà entrouverte. Je monte encore.
En haut, la chambre se dévoile, un grand lit aux draps gris, un éclairage doux émanant d'une lampe posée au sol. Les murs révèlent encore des briques apparentes, conférant un charme brut. Julien fait coulisser une cloison pour fermer partiellement l'espace, nous offrant un cocon d'intimité suspendu au-dessus du salon.
— Tu es si belle... murmure-t-il, ses mains effleurant

mes hanches. Ses mains glissent aussitôt sur mes hanches et agrippent le tissu de ma robe. Il attrape les bretelles de ma robe pour les faire descendre le long de mes épaules.
— J'ai envie de toi, laisse-t-il échapper.
Je ne réponds pas. Ses baisers descendent sur mon cou, mordillent ma clavicule. J'échappe un gémissement qui résonne dans le silence du loft. Les bretelles de ma robe s'affaissent, laissant découvrir mes bras, mes seins. Les doigts de Julien s'aventurent aussitôt sur ma peau, sans aucune hésitation. Mes mains défont les boutons de sa chemise dans une précipitation maladroite, je veux le toucher, le sentir tout contre moi. La lumière tamisée révèle l'ombre de son torse qui se soulève à chaque respiration.

Nous reculons jusqu'au lit, nos pas résonnant légèrement sur le plancher. Il me pousse contre le matelas, puis me rejoint d'un geste sec. Ses lèvres chaudes, un peu fiévreuses, s'emparent des miennes. Je passe mes bras autour de son cou, mes jambes s'enroulent autour de ses hanches. Son parfum m'enivre, et je perçois l'adrénaline qui parcourt son corps comme un courant électrique.
Il fait remonter ma robe, s'attaquant à tout ce qui le sépare de ma peau. Je l'aide, soulevant mes hanches pour qu'il l'enlève. Nous n'échangeons presque aucun mot, tout se passe dans l'instant, dans la faim l'un de l'autre. Je sens son souffle le long de mon ventre, la morsure légère de ses dents sur ma hanche. Mon dos se cambre, sa tête entre mes jambes.
Puis il se relève, son visage effleurant mon cou et mon épaule. J'explore à mon tour, mes doigts courant sur son torse, ses flancs. Il laisse échapper un soupir rauque quand je descends mes mains sur son bas-ventre.

Nos regards se croisent à la lueur d'une lampe discrète. Il a les pupilles dilatées, le désir à fleur de peau. Ses mains reprennent leur exploration, saisissent mes cuisses, m'attirent encore plus près. Mon cœur cogne si fort que j'ai l'impression d'en entendre l'écho dans la pièce. J'attrape la ceinture de son pantalon, l'ôte vivement, puis je le sens se débarrasser du reste de nos vêtements sans ménagement. La soie de ma robe glisse au sol, et lui se libère de sa chemise, de son jean. Bientôt, nos peaux nues se rencontrent, dégagées de toute barrière.

Le lit grince légèrement sous la pression de nos corps. Je m'accroche à lui, sentant sa chaleur m'envahir. Il explore chaque recoin de mon corps, mordillant ma nuque, descendant sur ma poitrine, remontant à mes lèvres. Je réponds avec la même intensité, mes doigts agrippant parfois ses épaules, parfois ses cheveux, encouragée par ses gémissements. Nos gestes se font plus rapides, nos mains parcourent l'autre avec urgence. J'entends mes propres soupirs, plus forts que je ne l'aurais cru, résonner contre le mur. Un choc de plaisir nous submerge.

Nous bougeons à l'unisson, sans tendresse superflue, plutôt avec un besoin de se fondre l'un dans l'autre.

Lorsque nous lâchons prise, il s'effondre contre moi, nos poitrines se touchent, battant à l'unisson. Nous restons quelques secondes ainsi, nos corps encore secoués de spasmes, nos respirations court-circuitées. Puis, il se laisse glisser sur le côté, me serrant contre lui, un bras autour de ma taille.

— Je t'aime... répète-t-il d'une voix essoufflée.
— Je t'aime aussi, dis-je, encore troublée par ce que nous venons de vivre.

Dans le silence qui suit, le seul bruit est celui du sang qui pulse dans mes tempes et du loft légèrement résonnant. Je n'ai plus envie de parler, je veux juste goûter cette sensation de plénitude électrique, la chaleur de son corps plaqué au mien, la douceur du moment.

Nous finissons par nous couvrir d'un drap léger, par crainte du froid de la nuit. Je me blottis contre lui, la tête posée à l'endroit précis de son cœur. Je ferme les yeux, un sourire sur mes lèvres. Même si la brutalité de nos gestes m'a surprise, j'éprouve une satisfaction immense, un lâcher-prise incroyable.

Mes paupières se ferment, je glisse dans un demi-sommeil. Ainsi, la nuit s'écoule dans un mélange de satiété et de tendresse.

Les jours qui suivent, Julien et moi passons de longs moments ensemble, à explorer un Paris que je ne connais pas vraiment, malgré ces semaines dans la ville. Nous nous promenons sur les quais de Seine, un gobelet de café à la main, à commenter les bateaux-mouches et les reflets de la cathédrale. De temps en temps, nous nous arrêtons pour acheter des crêpes, regardant passer les touristes.

Le samedi, nous allons voir un petit concert de jazz dans un club niché au fond d'une ruelle du 5e arrondissement. Les notes graves de la contrebasse résonnent autour de nous, et Julien glisse parfois sa main dans la mienne, un sourire aux lèvres. Après le concert, nous nous réfugions dans un bar à vin, où nous commandons un plateau de fromages et trinquons à nous.

Le dimanche, nous décidons de faire un marché dans le 12e, déambulant entre les étals de fruits et légumes, flairant les épices, riant aux sollicitations des commerçants. Julien m'offre un bouquet de fleurs.

— Pour embellir l'appartement de Thomas. Comme ça, tu penseras à moi quand tu les verras.

Ce geste simple m'a touchée. Je me demande s'il devine à quel point je l'ai gravé dans mon cœur. La nuit, quand nous nous retrouvons dans ma chambre, nous partageons des moments de complicité. On discute des heures, serrés l'un contre l'autre, de films, de livres, de nos souvenirs d'enfance.

Depuis que Julien et moi sommes ensemble, mes journées à l'hôtel Beaumont ont pris une tout autre saveur. J'arrive au travail le cœur léger, le sourire flottant sur mes lèvres, et je sens parfois les regards curieux de mes collègues, se demandant ce qui a bien pu me transformer ainsi. Élodie aussi me voit changer, elle rit parfois de me surprendre en

123

train de fredonner, de coiffer mes cheveux avec plus de soin, de m'enthousiasmer sur un brunch ou un petit resto indien. Elle me lance un regard entendu, comme pour dire : enfin, tu t'accordes à vivre.

Mais celle qui ne se contente pas d'hypothèses, c'est Chloé. Elle sait que c'est grâce à elle que j'ai rencontré Julien, alors, chaque jour, elle ne manque pas une occasion de me cuisiner sur la moindre avancée de notre relation. Dans l'office où nous rangeons le linge, elle pose son panier et croise les bras, adoptant son petit air inquisiteur.

— Bon, Rose, ça fait combien de dîners romantiques, là ? Vous tenez un décompte ?

— Oh, arrête...

Je rougis en finissant de plier une serviette.

— On ne compte plus, on se voit souvent, c'est tout.

— Allez, vous faites quoi ce soir ? Encore une balade le long de la Seine ? Il a prévu un resto, un ciné... ?

Je hausse les épaules, feignant de me concentrer sur le pliage, mais un sourire me trahit.

— On pensait juste rester chez lui à cuisiner, c'est plus simple.

— Chez lui ? s'exclame-t-elle, le regard pétillant. Donc c'est du sérieux, hein ? Je veux des détails, Madame la discrète !

Elle me lance un clin d'œil. La connaître, c'est savoir qu'elle ne lâchera pas avant d'avoir obtenu la dose de confidences qu'elle veut. Moi, je ris, amusée par son enthousiasme débordant.

— Il est adorable, tu sais, prévenant... On s'entend vraiment bien, on rit beaucoup.

— Je le savais ! Je l'avais senti ! triomphe-t-elle.

— Tu me dis discrète, mais toi ? Tu ne dis rien sur ta vie

amoureuse.
— Mh… disons que… je vis aussi une histoire d'amour.
— Oh ? Et qui est-ce ?
Elle ne répond pas tout de suite.
— Je… je préfère ne pas en parler, dit-elle en détournant les yeux.
— Chloé ?
Je pose doucement une main sur son épaule.
— Je veux dire… reprend-elle en forçant un sourire. Je suis très heureuse, mais c'est compliqué. Personne ne comprendrait.
— Tu peux me parler, tu sais.
Elle secoue la tête
— Non… Pas cette fois. On parlait de toi, non ? Monsieur Parfait et ton petit nuage !
Oui, je suis sur un petit nuage, comme Chloé s'amuse à le répéter. Pourtant, derrière ce bonheur, un petit coin de mon esprit reste attaché à l'ombre de ma mère, cette femme que je n'ai jamais connue. Henry, je ne veux plus en entendre parler. Mais ma mère… comment était-elle vraiment ?

Ce matin-là, j'achève mon service de nettoyage un peu plus tôt que prévu. Je reçois un message sur mon téléphone. Marc me demande de passer dans un petit salon privé de l'hôtel, un de ces espaces réservés aux réunions informelles entre la direction et le staff. Je me prépare mentalement, parce que Marc, depuis la disparition de Henry, a repris en main toute la gestion, y compris les aspects RH et logistiques.

Je franchis la porte du salon, un espace cosy avec des fauteuils tapissés et sur la table basse, quelques dossiers. Marc est déjà assis, un stylo à la main, parcourant un document. Il se lève dès qu'il me voit entrer, m'invite à m'asseoir en face de lui.

— Merci, Rose, d'être venue. J'aurais besoin de tes retours sur l'organisation du service d'étage pour le week-end prochain. On aura des clients étrangers très exigeants.

J'acquiesce, sors un carnet, prête à prendre des notes. Il me parle quelques minutes de la répartition des chambres, du protocole et de nombreux détails exigeants. J'opine et propose des ajustements. Un silence suit, puis il ferme le dossier avec un soupir.

— Au moins, l'hôtel tourne, constate-t-il d'un ton pensif. J'aurais aimé que... peu importe.

Je capte son regard, curieuse. Peut-être va-t-il mentionner Henry, mais je n'ai pas la force d'en parler. Pourtant, c'est lui qui dévie la conversation sur un registre plus personnel.

— Tu sais, Rose, avant de fonder cet hôtel, j'ai pas mal voyagé. Henry et moi avions des caractères différents. Il était plus réservé et plus appliqué, tandis que j'étais le « grand séducteur ». Je courais après les femmes, je rêvais d'aventures...

Son sourire se nuance d'une pointe de nostalgie. Mon intérêt grandit, car il va peut-être révéler une anecdote où Henry était présent, ce qui, par ricochet, m'en dira plus sur ma mère.

— Vous deviez être jeune, alors ? dis-je, espérant qu'il continue.

— Oui, à peine sortis de l'adolescence. Je me sentais invincible. Nous étions trois inséparables, Henry, Émilie et moi.

Je retiens mon souffle. Mon Dieu, il parle de ma mère. Je n'exprime pas cette pensée à voix haute, je me contente de feindre un air intéressé. Marc, encouragé, se confie davantage.

— Emilie était incroyable.

Ses yeux se perdent dans le vide, un petit sourire en coin, comme s'il revivait un souvenir précieux. Moi, mon cœur bat plus fort. Ils étaient tous les 3, Marc a très bien connu ma mère, je veux en savoir plus, mais je ne dois pas me laisser submerger par l'émotion.

— Et… qu'est-elle devenue ?

— Elle est partie, du jour au lendemain. Nous ne savons pas ce qu'elle est devenue, j'y pense souvent. Enfin… Nous avons canalisé notre énergie dans la création de l'hôtel.

Il reprend son dossier, comme pour clore la confession. J'ai tellement envie de le questionner davantage, je me dis qu'il a tant à dire, qu'il aurait pu m'en raconter plus, mais il s'arrête là.

Lorsque j'émerge de ce salon, je suis chamboulée. Comment poser plus de questions à Marc sans qu'il ne s'interroge sur ma curiosité ?

Chloé, qui m'attend dans le couloir, me dévisage aussitôt. Ses antennes de curieuse sont en alerte.
Encore un tête-à-tête avec Marc ? Ça discute bien, dites donc !

— On parlait de l'événement, rien de plus, mentis-je à moitié, le visage fermé.

Elle glousse, me prenant pour une coqueluche de Marc. Je fais mine de ne pas y prêter attention, mais, dans mes pensées, je ressasse ce qu'il m'a confié. Je me sens privilégiée qu'il m'ait parlé ainsi.

Plus tard, dans l'office, Chloé ne me lâche plus.

— Alors, on s'éclipse en douce chez Marc, on se fait draguer par Julien... tu as un emploi du temps chargé, ma pauvre !

— Mais non, arrête de fabuler, je te jure que tout cela est faux.

Chloé me fixe, un sourire espiègle sur les lèvres.

— D'accord, d'accord, je plaisante. Mais raconte plutôt le vrai scoop. Toi et Julien, c'est du sérieux ? Vous en parlez ?

— Du sérieux ? Eh bien, disons qu'on se voit souvent, on est bien ensemble. On ne fait pas de plans sur la comète, mais oui, c'est sérieux.

Elle hoche la tête, me détaille de son regard complice.

— J'ai cru comprendre qu'il t'avait emmenée dans son loft, que vous vous faisiez des soirées cuisine... allez, je connais ce genre de plan romantique ! Elle pouffe de rire. Pas besoin de me cacher l'évidence, Rose, tu es folle de lui et c'est réciproque.

Je souris, passablement gênée, mais heureuse.

— Oui, je l'aime beaucoup, dis-je, à mi-voix. Il est attentionné, on rit, on s'accorde.

— Je suis ravie pour vous, sincèrement, conclut Chloé en me faisant un petit check du poing.

Sa bienveillance me réchauffe le cœur. Je remercie mentalement Chloé pour avoir forcé le destin entre Julien et moi. Si j'étais restée plongée dans la tristesse provoquée par Henry, je n'aurais jamais ouvert mon cœur comme ça.

Le soir venu, Élodie m'attend à la sortie de l'hôtel, les bras croisés, avec un sourire impatient. Le soleil commence à décliner.
— Alors, mademoiselle, on sort de sa grotte ? lance-t-elle en guise de salut, taquine comme toujours.

Je m'approche d'elle, le sac à l'épaule et la fatigue du jour encore ancrée dans mes épaules.
— Ne te moque pas... J'ai eu une journée plus chargée que prévu, dis-je dans un sourire.
— J'imagine !

Nous commençons à marcher le long du trottoir, nous éloignant de l'entrée de l'hôtel où les derniers clients vont et viennent, valises à la main.
— Tu sais... Marc m'a reparlé tout à l'heure. Il m'a dit que Henry, lui et... Émilie, ma mère, étaient inséparables à l'époque.

Émilie. Le prénom de ma mère, que je n'ai jamais pu connaître. Élodie m'observe, elle comprend l'importance du moment. Je n'ai pas souvent l'occasion de glaner des informations sur ma mère, et encore moins d'entendre son nom dans la bouche de Marc.
— Ah oui ? Fait-elle, soudain sérieuse. Comment ça ? Ils étaient un trio inséparable ?
— Oui... Marc dit qu'ils ont vécu des choses incroyables tous les trois. Il semblait ému.

Elodie sait que je ne veux plus rien avoir à faire avec Henry depuis sa condamnation, mais elle est aussi au courant du manque que je ressens à l'idée de ne pas avoir connu ma mère. Je n'exprime pas mes sentiments à voix haute, mais elle me connaît trop bien pour ne pas saisir l'émotion qui

me traverse.
— Je vois. Tu crois qu'il en sait beaucoup, Marc ? Je veux dire, sur ta mère ?
— Je ne sais pas. J'espère qu'il m'en dira plus.

Marc dit qu'Émilie était son amie proche et je souhaite tellement apprendre à la connaître à travers lui. Élodie me sourit d'un air encourageant.
— Fais attention à toi, quand même. Des fois, les gens enjolivent leurs souvenirs. Tu pourrais t'accrocher à des illusions...
— Oui, je sais. Mais c'est la seule piste que j'aie, tu comprends ?

Elle hoche la tête, compatissante. Moi, j'avale mes pensées et je lui pose à mon tour une question.
— Et toi, alors, tes histoires ? Il me semble que tu avais un rencard avec Alexis, non ?

Elle s'arrête, un sourire radieux éclaire son visage. C'est au tour d'Élodie de rougir, tout en gloussant.
— Rencard, c'est vite dit... Mais oui, on s'est revus après la soirée.
— Raconte, allez !

Élodie me tire le bras pour qu'on s'arrête à l'angle d'une rue moins passante. Elle me fait un petit signe pour qu'on se mette de côté, évitant le flot de piétons.
— Eh bien, on est allés prendre un verre. Il est super drôle, ça m'a fait un bien fou. On a parlé des voyages qu'il veut faire, de ses potes, puis on a fini par manger un kebab à minuit en riant comme des ados !

Je ris en l'entendant décrire la scène. La vision d'Élodie,

d'ordinaire si organisée, en train de dévorer un kebab tard dans la nuit, me réjouit.
— Tu sembles déjà conquise, ma chère !

Elle hausse les épaules, faussement indifférente.
— Il est sympa, on verra bien. Je ne veux pas me précipiter, mais c'est cool de rencontrer quelqu'un qui me fasse rire pour de vrai.

Nous échangeons un sourire complice. Je me dis que nous sommes toutes les deux sur un chemin de légèreté, chacune avec son histoire, nos doutes, nos passions. Élodie me jette un regard plus sérieux.
— Et toi, tu es sûre que tu veux continuer à interroger Marc ? Ce n'est pas trop dur, quand il te parle de ta mère ?
— D'un côté, j'ai envie d'en savoir plus, de l'autre, j'essaie de rester à distance. Mais si je peux récupérer ne serait-ce qu'un souvenir, un détail, c'est déjà énorme.

Elle acquiesce, serrant brièvement ma main. Puis on se remet en marche vers la station de métro, échangeant des plaisanteries sur nos soirées respectives.
Nous nous séparons devant l'entrée du métro. Élodie me donne une accolade franche.
— Tu es sur la bonne voie, Rose. Sois prudente quand même. Et profite de ton amour avec Julien, c'est ça le principal, non ? À demain.
— Tu as raison, dis-je en riant doucement. Encore merci, ma marieuse.

Elle part, me laissant le cœur plus léger, mais la tête pleine. Marc a dit qu'Émilie, Henry et lui formaient un trio inséparable, qu'ils avaient vécu des moments forts. Je me demande à quoi ressemblait cette jeunesse. J'espère bientôt avoir un détail sur elle, un signe, un goût, un trait de caractère, qui me ramènera à mes origines. Je m'engouffre dans le métro en direction de Julien.

Chapitre 8

Après une nouvelle soirée et une nuit parfaite, j'arrive dans le hall de l'hôtel, un peu avant l'heure de mon service. Mon téléphone vibre. Un message de Julien : « Bonjour, ma belle. Je t'aime. Passe une bonne journée. »
Ces quelques mots suffisent à éclairer mon visage. Julien a pris l'habitude de m'envoyer un SMS matinal, et je ne m'y habituerai jamais. Je réponds aussitôt « Je t'aime aussi, j'ai hâte de te voir ce soir. »

Ce simple échange m'a mis de bonne humeur. Je songe à Chloé, qui se réjouirait de lire nos messages, elle qui se vante encore d'avoir joué les entremetteuses. Un discret sourire m'échappe tandis que je franchis les couloirs menant à l'office. Je suis si heureuse.

La matinée se déroule dans un rythme relativement calme. J'enchaîne les chambres à nettoyer, discute avec Chloé lorsqu'on se croise, elle me taquine sur mes yeux qui brillent dès que j'évoque Julien. Je ris, un peu gênée, mais heureuse. Au fond de moi, je garde l'espoir de voir Marc pointer le bout de son nez. Je me dis que s'il apparaît, je pourrai subtilement le relancer sur sa jeunesse, sur Émilie. Mais rien ne se passe avant midi. J'entame mon plateau-repas au petit réfectoire du personnel, déçue de ne pas l'avoir croisé. Je tente de chasser cette frustration. Mon plan consiste à jouer la patience et à saisir chaque occasion de discussion.

Après le déjeuner, je me dirige vers le deuxième étage pour vérifier un stock de linge. La moquette épaisse amortit mes pas, l'odeur subtile du parfum d'intérieur flotte dans l'air. C'est alors que, dans un couloir en T, j'aperçois deux silhouettes en pleine conversation. Marc et Julien. Ils sont en train de discuter près d'un grand miroir encadré de dorures.
D'ordinaire, je me serais avancée sans hésiter, ravie de saluer Julien. Mais ce duo me cloue sur place une seconde. Marc et Julien, père et fils, face à face. Je me ressaisis et m'approche en souriant. Julien me remarque, un éclat joyeux dans les yeux.
— Rose ! Parfait, on parlait justement de toi.

Marc, à ses côtés, tourne la tête et me gratifie d'un sourire aimable.
— Bonjour, Rose. En effet, je suis heureux qu'il ait trouvé chaussure à son pied ici même, dans notre établissement.

Je rougis, un peu intimidée. Julien glisse sa main dans la mienne, tout fier.
— J'espère que ça ne te dérange pas, Papa, qu'on soit…

il cherche ses mots, ensemble.

— Au contraire, se réjouit Marc. Vous êtes tous deux adultes et responsables. Et puis, Rose est une perle, alors je ne peux qu'apprécier votre entente.

Un rire léger m'échappe, soulagée qu'il prenne la chose aussi bien. Je sens Chloé dans ma tête, qui jubilerait en nous voyant ainsi. Puis Julien se tourne vers moi, son regard rempli d'affection.

— Je te cherchais justement pour te dire que je finis plus tôt ce soir, on pourrait rentrer ensemble ?

Marc observe la scène d'un air approbateur, presque ému.

— Vous formez un beau couple, reprend-il calmement. D'ailleurs, quand Julien était petit, j'espérais déjà qu'il vive un grand amour comme le mien. Il a toujours été solitaire, la faute à mes absences constantes. Et Henry était paradoxalement plus présent pour lui que moi…

Julien acquiesce, un pincement dans le regard, comme pour confirmer qu'Henry l'a souvent épaulé. Je souris à Julien, compatissante. Je ne calcule pas tout de suite la phrase de Marc qui parle de grand amour.

Comme si la mention d'Henry ouvrait une porte, Marc enchaîne.

— Henry et moi, nous aurons tout vécu. Je ne pensais pas que notre amitié prendrait fin à cause d'une telle histoire. Nous avons eu des hauts, des bas, surtout avec l'arrivée d'Émilie. Cette femme que je n'oublierai jamais.

Je tressaille à l'écoute du nom de ma mère. Mon ventre se noue, mais je reste immobile. Je sais que Julien ignore tout de ma filiation avec Henry, et Marc n'a pas conscience que cette Émilie est ma mère. Moi, j'avale chaque mot. Marc

nous regarde à tour de rôle.
— C'était une époque incroyable. On rêvait de conquérir le monde, on voyageait, on se découvrait… Émilie et moi étions fous amoureux l'un de l'autre, c'était… inoubliable.
Fous amoureux. Mon sang se glace. Je sens mon cœur s'emballer, mes tempes battre trop fort. Émilie et Marc, fous amoureux. Mais si Émilie est ma mère, cela signifierait… Mon Dieu, je n'ose achever cette pensée. Derrière moi, Julien lâche ma main pour ajuster sa veste, ne semblant pas réagir plus que ça. Normal, il ne connaît pas la portée de ces propos.
Je suis en état de choc. Marc dit qu'il était amoureux de ma mère. Ça n'est pas Henry qui était avec elle, mais Marc, il pourrait être finalement mon père. Ça signifierait que Julien serait mon demi-frère ? Je sens monter en moi un vertige, une nausée. Je tente de faire bonne figure, mais l'angoisse monte en flèche.

Julien me jette un coup d'œil, remarquant probablement que je pâlis.
— Rose, ça va ? Tu es toute blanche…

Je ne trouve pas la force de répondre. Les mots de Marc résonnent « Émilie et moi, fous amoureux. » S'il dit vrai, cela signifie que Julien est mon demi-frère, que notre histoire est un inceste sans que nous l'ayons su. Je me sens horrifiée, un haut-le-cœur me traverse, j'ai envie de vomir. Marc, voyant mon malaise, tend la main vers moi.
— Quelque chose ne va pas, Rose ? Tu veux qu'on prenne l'air ?

Je secoue la tête, recule d'un pas, l'esprit en mille morceaux. Je balbutie un vague « Désolée, je dois… je dois

partir ». Sans un mot de plus, je tourne les talons et m'enfuis presque dans le couloir, le cœur au bord des lèvres. Derrière moi, j'entends la voix de Julien qui m'appelle « Rose, attends ! », mais je ne me retourne pas.
Je traverse le hall à grandes enjambées, ignorant les regards des clients. Le portier s'écarte alors que je franchis les portes. Marc, le père de Julien... si c'est aussi le mien... je suis amoureuse de mon demi-frère ? Je suis anéantie.

Parvenue au métro, je me jette dans la première rame, sans réfléchir à la direction. J'ai besoin de fuir, de m'éloigner de l'hôtel, de Julien, de Marc, de tout. Les passagers me dévisagent un peu, je respire fort, les larmes me montant aux yeux. Je ne réponds plus aux SMS ni aux appels de Julien, qui doit déjà tenter de me joindre pour comprendre ma réaction. J'éteins carrément mon téléphone, n'ayant pas la force de m'expliquer.

Mes mains tremblent autour de la barre métallique, mon estomac se tord. J'ai peur. J'oscille entre la nausée et le désespoir.

Quand j'arrive finalement chez moi, je m'allonge en travers du lit, les larmes coulant silencieusement. Je me sens vide, comme si on m'avait arraché toute envie de vivre.
J'ignore combien de temps s'est écoulé. Les ombres du soir ont gagné la pièce quand la porte d'entrée claque dans le salon. C'est forcément Élodie qui rentre. Mon premier réflexe est de me faire toute petite. Je ne veux parler à personne. Mais elle appelle.
— Rose ? Tu es là ?

Pas de réponse. Je tente de me faire silencieuse, retenant mon souffle, mais mes sanglots me trahissent sans doute. Je

l'entends s'avancer, son sac qu'elle pose sur la table, ses pas sur le parquet. Puis la porte de la chambre s'entrouvre. Élodie s'arrête net en me voyant recroquevillée, le visage noyé de larmes. Son expression passe de la curiosité à l'inquiétude la plus vive.
— Hé… Qu'est-ce qui se passe ?

Elle s'approche, s'assoit au bord du lit, tentant de prendre ma main. Je renifle, incapable de contenir un sanglot. Son regard affolé balaie mes traits, cherchant une explication. Finalement, d'une voix chevrotante, je crache tout.
— C'est… c'est… Marc… je sanglote, me redressant un peu. Il a dit… qu'ils étaient… qu'ils étaient fous amoureux avec… ma mère.

Élodie fronce les sourcils, comprenant tout de suite la portée de cette révélation.
— Ta mère ? Tu veux dire Émilie ?
— Oui… ça veut dire… ça veut dire qu'il est peut-être mon père ! Un sanglot nerveux m'échappe. Et si Marc est mon père, alors Julien est…

Élodie ouvre de grands yeux, secouée par la brutalité de cette conclusion.
— Attends, tu es sérieuse ? Marc t'a dit… qu'Émilie et lui formaient un couple ?
— Oui ! Il a parlé d'eux, d'Henry, comme un trio, et, soudain il a lâché qu'il était fou amoureux d'elle… Qu'est-ce que tu veux que je pense ? Que je… que j'aie une relation avec mon… demi-frère !
Élodie est sous le choc, ses mains se crispent sur mes bras pour me forcer à la regarder.
— Calme-toi, Rose. Il y a peut-être… un malentendu, non ?

— Je n'en sais rien. Je ne peux pas vivre avec ça, Élodie. Tu te rends compte ? Je cache mon visage dans mes mains, les larmes reprennent. Je l'aime, je ne peux pas... c'est impossible.

Elle soupire, la douleur reflétée dans ses yeux.
— Oh, ma pauvre... attends, on va réfléchir. Peut-être que ça n'est pas ce que tu penses.
— Je... je n'en sais rien. Mais... j'ai tellement peur.
À cet instant, la sonnette retentit dans le salon. Mon sang ne fait qu'un tour. C'est forcément Julien. Il doit être venu chercher des explications, troublé par mon départ précipité. Paniquée, je me redresse, le visage déformé par l'angoisse, fais « non » de la tête à Élodie.
— Je ne veux pas le voir, dis-je. Je ne peux pas, Élodie. Cache-moi, dis-lui que je ne suis pas là...
Élodie hoche la tête, résignée, et sort de la chambre en laissant la porte entrebâillée. Je l'entends traverser le couloir. Julien sonne à nouveau. Puis, un bref dialogue s'engage.
— Rose est là ? Sa voix est pressée, inquiète.
— Non, désolée, elle est sortie, répond Élodie, jouant le jeu tant bien que mal.
— Élodie, je sais qu'elle est là... dis-moi ce qui se passe, s'il te plaît. Je ne comprends pas, elle est partie en courant...
Un silence.
— Je l'aime, tu sais ?

Dans la chambre, j'entends la détresse de Julien et mon cœur se brise. Je couvre ma bouche pour étouffer un sanglot. Élodie tente de répondre.
— Elle... elle n'est pas là, Julien, vraiment. Je ne peux rien dire de plus.

139

— Mais... Rose...
Il répète mon nom comme une supplique.
— Je t'en prie, je veux juste la voir une minute !
Sa voix se brise. Il est triste, désemparé. Moi, j'étouffe un cri dans l'oreiller. Je le fais souffrir, c'est atroce. Mais je ne peux pas le voir maintenant. S'il est mon demi-frère, chaque regard, chaque mot, tout devient insupportable. Élodie, entendant les pas de Julien qui insiste, finit par dire, plus fermement.
— Julien, je suis désolée, ce n'est pas le moment. Laisse-lui un peu de temps, d'accord ? Je te promets qu'elle te contactera.
— Je... d'accord, lâche-t-il, la voix brisée.

Élodie ferme doucement la porte d'entrée, coupant court à toute protestation. Un silence lourd s'installe. Je devine Julien de l'autre côté du mur, peut-être en larmes ou en proie à la détresse. Je veux hurler que je l'aime aussi, mais je reste pétrifiée, les joues trempées.
Élodie revient dans la chambre, son visage empreint de compassion. Elle s'approche du lit, je n'ai plus de larmes, juste des sanglots secs. Elle pose une main sur mon épaule.
— Il est parti, Rose. Il était... désespéré de ne pas te voir.
— Je... je m'en veux tellement. Il ne mérite pas ça.
— Non, il ne mérite pas, soupire-t-elle, tu avais besoin de cette distance, je comprends, mais tu lui devras la vérité.

Je me sens piégée. J'aime Julien, je ne veux pas le perdre, mais l'idée qu'il puisse être mon demi-frère me terrifie, me soulève le cœur. Et si Marc disait vrai, s'il avait vraiment été le grand amour de ma mère ? Alors, Henry n'est pas mon père, tout ce que je croyais s'effondre, ma vie avec.

Élodie tente de me réconforter.
— On va chercher la vérité, Rose.
— Je… je ne sais plus, dis-je, vidée.

Elle pose un verre d'eau sur la table de chevet, m'encourage à en boire. Je tremble encore, la gorge sèche. Des images de Julien suppliant, me disant « Je t'aime » et celle de Marc, affirmant avoir aimé ma mère, se télescopent dans mon esprit. Je ferme les yeux, la douleur est trop forte.

Élodie me couvre d'un plaid, me rappelant qu'il fait frais dans la chambre. Elle s'assoit près de moi, me caresse doucement les cheveux. Elle n'a pas de solution immédiate, mais sa présence est un baume, un rempart à la folie qui menace de m'envahir.

— On trouvera un moyen, Rose. Tu ne peux pas continuer à croire que tu es la demi-sœur de Julien sans en être sûre.

— Je sais… mais pour l'instant, je… je suis trop perdue, dis-je.

Dans ce silence ponctué de mes sanglots étouffés, je réalise à quel point j'ai peur, peur de détruire l'amour avec Julien, peur d'avoir déjà commis l'irréparable, peur que ce cauchemar soit la triste réalité. Je me blottis contre Élodie, les yeux pleins de larmes. Julien doit me haïr, je l'ai laissé dehors, sans un mot. Mais je n'ai pas la force de le voir. Pas celle d'affronter ses questions non plus.

Chapitre 9 : Emilie

Ça y est, c'est pour ce soir. Mais suis-je vraiment prête ?
Je ferme les yeux, respire profondément. Tout ira bien. C'est une soirée spéciale, une soirée où notre amour va franchir une nouvelle étape. J'ai attendu ce moment, c'est normal d'être nerveuse. Regarde-toi, Émilie, tu es magnifique, il t'aime, et ce soir sera inoubliable pour vous deux.

Parler à haute voix devant le miroir est ma façon de me rassurer, de me mettre en condition pour cette soirée. J'ai enfilé une robe élégante, parfaite avec mes boucles brunes. Mon cœur bat à tout rompre, un mélange d'excitation et d'appréhension. J'ai rêvé de cet instant, pourtant, maintenant que l'heure approche, une cascade d'émotions m'envahit.
Je repense à mes premiers jours avec Henry : nos rires, nos

moments tendres. Ces souvenirs me font sourire et me confortent dans mon choix. C'est à Henry que je veux offrir ce moment, mon moment. J'applique mon rouge à lèvres, prête à partir.

Le porche en bois grince légèrement sous mes pas alors que je jette des regards furtifs à travers la rue, guettant la voiture d'Henry. La douce brise du soir agite délicatement les feuilles des arbres voisins, l'air est pur, je me sens si bien. Henry est enfin là, je le regarde sortir de sa voiture, un sourire radieux aux lèvres. Il tient une petite boîte dans ses mains. Plus il avance vers moi et plus mon cœur s'emballe.

— Bonsoir, ma chérie. Ça, c'est pour toi.

À l'intérieur de la boîte, un bracelet de perles bleues et blanches. Je l'avais repéré en vitrine, lors d'une promenade ensemble. Henry a toujours de délicates attentions envers moi, il me comble de bonheur. J'ai juste envie de l'embrasser pour le remerciement de tout ce qu'il m'apporte. La soirée promet d'être riche en rires, en complicité et en amour partagé, une soirée simple qui restera gravée dans nos mémoires.

— Prête ?
— Oui, prête !

Certains diront que programmer notre première fois enlève la magie, mais moi, j'en avais besoin. Mon père n'est pas là ce soir, je suis rassurée de nous savoir seuls. Tout est réuni pour que tout se passe au mieux.

Ce matin, j'avais choisi avec soin mes sous-vêtements, le rouge s'accorde parfaitement à ma carnation. Ma chambre est rangée, mes draps sont propres, seules mes mains moites trahissent mon stress. Je me sens prête, mais je ne contrôle pas l'angoisse qui monte peu à peu.

Henry, assis sur mon lit, remarque mon visage stressé. Il lève la main pour m'inviter à m'asseoir à côté de lui.
— Tu sais, si tu ne te sens pas prête, on n'est pas obligés…
— Si, j'en ai envie, je suis prête.

Il dégage mes cheveux pour libérer mon cou, un frisson parcourt tout mon corps, comme si je lui criais silencieusement de continuer. Sa main descend jusqu'à ma poitrine et écarte mon cache-cœur, révélant mon soutien-gorge rouge. Il me fixe, cherchant mon accord, avant de poser sa main sur mon téton. Un gémissement m'échappe, la sensation est si délicieuse.
Sa main gauche, elle aussi, vient m'explorer, il caresse ma cuisse en remontant jusqu'à entrer ses doigts entre mes jambes, d'abord un, puis deux. C'est si bon. Nos bouches s'embrassent plus vivement encore, nos corps prêts à s'enlacer dans un mouvement de va-et-vient. Les minutes s'écoulent, je voudrais que ce moment ne s'arrête jamais. Je l'aime tant.
Ses lèvres se présentent une dernière fois sur les miennes, puis il me serre dans ses bras pour refermer cette parenthèse magique. Nous restons là, nos regards fixés l'un sur l'autre. J'ai encore envie de lui et je sens que c'est réciproque.
Une sonnerie de téléphone brise notre bulle.
— Allô ? Émilie, c'est Marc. Henry m'a dit qu'il serait chez toi ce soir, ça te dit de passer une soirée chez moi ?

Marc est le meilleur ami d'Henry, ils se connaissent depuis le collège, ils sont inséparables. Je l'apprécie, mais parfois, son regard me met mal à l'aise, comme s'il attendait quelque chose de moi. Il prétend qu'on forme un « trio ».
Marc vit dans une immense maison, loin de la modestie d'Henry. Henry me disait qu'il se sentait parfois rabaissé

par Marc, mais qu'au fond, c'était quelqu'un de bien, et qu'ils se soutiendraient toujours. En ai-je envie ? Ses soirées sont à son image, extravagantes. J'aimerais prolonger ma soirée seule avec Henry, mais lui aime sortir. Alors, on met notre soirée en pause, j'espère surtout qu'on la reprendra après celle de Marc.
— Oui, on vient.
— Super, je vous attends.

* * *

L'extérieur de la maison est bondé. Marc voit grand pour ses fêtes. Des faisceaux colorés qui balaient l'espace et créent une ambiance électrisante parcourent le salon, baigné d'une lumière tamisée. La musique pulse dans les enceintes, faisant vibrer le sol.
— Ah, voilà ! Un verre ?

Marc saisit Henry par l'épaule et m'abandonne au milieu de la foule. Je balaye du regard l'assemblée, constatant que le thème semble être « couleurs et extravagance ». Moi, j'ai mis une robe noire, simple et élégante, quel contraste !
Je me demande pourquoi je suis venue. Chaque personne qui me salue reçoit un sourire poli, mais mes yeux doivent trahir mon ennui. Je consulte mon téléphone, en quête d'une excuse pour partir.
— Tiens, Émilie.
— Merci, Marc. Tu sais où est Henry ?
— Aucune idée, je lui ai servi un verre, je l'ai vu partir avec des potes. Tu es superbe ce soir.
— Merci… je vais essayer de le trouver.
— Pas la peine, il va bien, bois un peu avec moi. C'est sans alcool, j'ai retenu la leçon.

Je lui rends un sourire rapide, prenant une gorgée. Je ne sais pas trop quoi lui dire. S'il n'était pas le meilleur ami d'Henry, je ne lui adresserais probablement pas la parole.

— Je vais quand même le chercher.
— Roh, Émilie, reste avec moi, fait-il en me saisissant le bras.

Son ton, son geste, ont quelque chose d'un peu brutal. Je ne souhaite qu'une chose, retrouver Henry et partir.

— Laisse-moi.

Je me dégage et me faufile entre les gens. Mais où es-tu, Henry ?

Dans le hall menant au salon, la fête bat son plein. Des groupes rient ou somnolent, vaincus par l'alcool. La table basse croule sous les verres et les assiettes. Je regarde chaque visage, espérant voir Henry, sans succès.
Je gagne la cuisine en traversant un vrai parcours d'obstacles de bouteilles vides et de gobelets rouges. Henry n'est pas là non plus. Soudain, une vague de chaleur m'envahit, partant de mon ventre et se diffusant dans tout mon corps. Les rires et la musique semblent plus intenses, comme imbriqués. Je m'appuie sur le comptoir, tentant de stabiliser mes pensées. Les lumières deviennent plus brillantes, chaque mouvement laissant une traînée lumineuse, et mon cœur bat de plus en plus vite, pas de peur, mais d'excitation incontrôlée.
Une voix m'interpelle, venant de très loin. Je me tourne, un sourire sans raison me monte aux lèvres. Je suis consciente que quelque chose cloche, mais l'euphorie qui m'enveloppe balaye cette pensée.

— Émilie ! Je te cherche partout.
— Oh, mon amour, te voilà, dis-je en me jetant à son cou.

— Tu vas bien ?
— Oui, j'adore cette soirée. Viens, on va danser !
Henry me regarde, l'air inquiet.
— Je suis désolé, je ne me sens pas bien. J'ai bu un verre, mais j'ai la tête qui tourne. On rentre ?
— Oh non, j'ai envie de rester…
— Hé, les amoureux, un autre verre ?
— Non, on rentre, je ne me sens pas bien, répond Henry.
— Et moi, je veux rester !
C'est comme si je disais le contraire de ce que je veux faire. Je me sens prisonnière de mon propre corps.
— Si c'est ce que tu veux, Émilie, je laisse Marc te ramener plus tard ou je passerai te chercher tout à l'heure, quand j'irai mieux, murmure Henry, l'air abattu, mais compréhensif.
Il m'embrasse tendrement.
— Je t'aime, à tout à l'heure.
Je le vois s'éloigner dans la foule. *« Reviens, Henry, s'il te plaît »*
— Je t'avais déjà préparé un autre verre, Émilie, lance Marc.
— Merci…

Le goût est étrange, mais je n'y prête pas attention, trop prise dans cette euphorie distordue. Mon corps semble envoûté par la musique. Tout est flou, chaque geste me demande un effort monumental. Les visages autour de moi sont flous, la maison me paraît oppressante. Je ne comprends pas ce qui m'arrive. Mes pensées se brouillent, mes jambes vacillent.
Je titube vers l'escalier, cherchant un endroit calme pour me ressaisir. Chaque marche est un calvaire. Les portes des chambres sont fermées. Je ne sais plus où je suis ni quoi faire, mais je veux m'éloigner de la foule. J'ouvre la

première porte que je trouve, entre dans une chambre plongée dans la pénombre. La lampe de chevet diffuse une lueur apaisante. Je m'écroule sur le matelas, ferme les yeux, espérant me sentir mieux.

— Émilie...

La serrure claque. C'est Marc. Je tente de bouger, mais mon corps ne répond pas.

— Nous voilà enfin tous les deux, susurre-t-il. Tu ne sais pas à quel point j'attendais ce moment.

Son souffle effleure mon cou, je suis incapable de manifester. Ses doigts caressent mes cheveux.

— Tu es si belle... Je suis tombé amoureux de toi le jour où il t'a présentée, et toi, tu n'as rien vu. Il t'a chaque jour, mais ce soir, tu es à moi.

Son poids se fait sentir près de moi, je l'entends baisser la fermeture de ma robe, puis mes épaules sont mises à nu. Je voudrais crier, me débattre, partir. Mais mon esprit, engourdi, ne réagit plus.

Marc achève de me dénuder, j'ignore ce qui se passe exactement : tout devient confus, mes sens s'embuent, la pièce vacille. J'entends seulement le lit qui claque contre le mur, luttant pour ne pas sombrer complètement.

— Merci pour ce moment... Ne t'inquiète pas, au réveil, tu auras tout oublié.

Flottant à la limite de l'inconscience. Je voudrais crier, le retenir, mais mes yeux se ferment. Mon esprit s'engouffre dans un néant où je ne ressens plus rien. Le dernier sentiment qui me traverse est la terreur, l'impression qu'on me vole mon corps et mon âme, avant que mes pensées ne s'évanouissent dans le noir.

Chapitre 10

Cela fait trois jours que je suis enfermée dans cet appartement. Trois jours que je ne réponds plus aux appels de Marie. Trois jours que mon téléphone vibre, affiche des appels en absence, des messages non lus. Et surtout... Trois jours que je repousse la réalité. Julien pourrait être mon frère.
Cette pensée tourne en boucle dans ma tête et s'enroule autour de moi comme un serpent venimeux. Je l'ai laissé me toucher, m'embrasser... j'ai eu envie de lui. Et maintenant ? Comment regarder les choses en face ? Je serre mes jambes contre ma poitrine, recroquevillée sur le canapé, incapable de bouger.

C'est alors que, dans le calme apparent, je sens des coups légers à la porte. Qui peut bien venir me déranger dans cet état de désolation ? Après un moment d'hésitation, je me lève à contrecœur et me dirige vers la porte d'entrée.
Je l'ouvre doucement et je me retrouve face à Marc. Son

regard, habituellement si sûr de lui, semble aujourd'hui empreint d'une inquiétude sincère. Vêtu d'un costume sombre soigneusement repassé, il tient dans sa main un petit porte-documents.

— Rose… je suis venu te voir parce que Julien est inquiet… et moi aussi, dit-il d'une voix posée.
Il me dévisage un instant, longuement. Son regard descend de mon visage à mes bras croisés sur ma poitrine, puis revient à mes yeux.

— Tu ne réponds plus à ses appels, à personne. Je me suis dit que quelqu'un devait venir. Que tu n'avais peut-être pas envie de parler à une amie, mais peut-être à… quelqu'un comme moi. Un peu plus neutre.
Je hoche lentement la tête sans le regarder vraiment. L'appartement, dans son état chaotique, témoigne de ma détresse.

— Tu permets que j'entre ? On peut juste discuter, je ne veux pas te bousculer.
J'ouvre un peu plus la porte. Il entre, dépose son porte-documents avec une précaution sur la table basse, puis s'assied sur le canapé, gardant une posture très droite.

— Tu sais, Rose… tu es une personne lumineuse. Je te trouve… brillante. Et pas seulement au travail. Tu dégages quelque chose. Même Julien le dit.
Je fronce légèrement les sourcils, un peu confuse.

— Pardon, je… je suis maladroit, dit-il en souriant. Ce que je veux dire, c'est que tu ne mérites pas de t'enfermer comme ça. Tu es trop précieuse pour ça.

Je reste silencieuse, mes doigts serrés autour de la couverture que j'ai sur les genoux.

— Je vois qu'il y a quelque chose qui ne va pas.
Il se penche légèrement vers moi, baisse la voix.

— Tu n'as pas à porter tout ça seule. Tu pourrais… je

ne sais pas... t'autoriser à t'appuyer sur quelqu'un. Sur moi, si tu veux. Je suis là.
Je relève les yeux. Son regard est intense, presque doux. Mais quelque chose me gêne. Comme un courant trop chaleureux, trop gluant.
— Je... je ne sais même pas par où commencer.
— Tu n'as pas besoin de tout dire. Tu peux juste... te laisser aller. T'accorder un moment. Rien que toi, rien que nous.
Mon cœur commence à accélérer.

Il pose doucement une main sur le dossier du canapé, très près de mon épaule. Son regard descend à nouveau, à peine perceptiblement, mais je le remarque cette fois. Puis, comme dans un élan de bienveillance, il s'approche un peu plus et dit.
— Je me demande parfois si tu n'es pas trop gentille avec Julien. Il ne te comprend pas comme moi je pourrais... Tu vois ce que je veux dire ?
Je me raidis.
— Non, je ne crois pas, Marc.
Il esquisse un sourire, s'approche encore d'un centimètre.
— Rose... tu me plais, vraiment. Je n'arrête pas de penser à toi. À ce que je pourrais t'apporter, que Julien ne peut pas...
Sa main glisse sur ma cuisse.

Je me fige. Mon esprit se débat entre incompréhension, peur et colère.
— Marc, arrête... dis-je d'une voix tremblante en repoussant doucement sa main.
Mais il insiste. Son sourire devient plus tendu, presque blessé.
— Tu n'as pas besoin de me repousser. Je ne te veux

que du bien, tu sais. Vouloir… être proche de quelqu'un, de ressentir des choses n'est pas un crime. J'ai essayé d'être heureux pour Julien, mais j'ai cette attirance envers toi.
— Non. Je n'ai pas besoin de ça, pas maintenant, pas de toi.

Je me lève, mais il se redresse aussitôt, encore plus près.
— Vous êtes toutes les mêmes, souffle-t-il, le ton désormais glacé. Tu veux que j'agisse avec toi comme j'ai agi avec les autres ? Par la force ?

Avant que je ne puisse réagir davantage, j'entends le bruit précipité d'une porte qui s'ouvre dans le couloir.
— Rose ?!
Une voix familière perce l'atmosphère chargée d'inquiétude. Je tourne la tête, le cœur battant encore, et vois Élodie apparaître dans l'encadrement de la porte, le regard confus et alarmé. À ses côtés se tient Thomas.
Élodie, les yeux écarquillés, s'avance sans hésiter.
— Qu'est-ce qui se passe ici ? Rose, tu…
Elle n'arrive pas à finir sa phrase en voyant mon visage figé, marqué par l'horreur et la stupéfaction.
Thomas, d'une voix ferme, interrompt la scène en regardant Marc.
— Elle a posé une question !

Marc surpris, lance un regard fuyant, puis tente de reprendre le contrôle de la conversation.
— Ce n'était qu'une conversation, rien de sérieux. Vous savez, je m'inquiétais pour Rose, et…
Il s'arrête, incapable de poursuivre, alors que la tension monte dans la pièce. Thomas, les yeux braqués sur Marc, s'avance d'un pas mesuré, sans détour. D'un geste rapide et autoritaire, il pousse Marc vers la porte, le forçant à reculer.

— Tu n'as rien à faire ici. Sors maintenant.
Marc tente de résister, mais Thomas, imposant par sa carrure et son regard de fer, le guide hors de l'appartement.
— Je te conseille de ne plus revenir, martèle Thomas d'une voix basse et menaçante, alors que Marc, décontenancé, s'éloigne, jetant un dernier regard fuyant vers Élodie et moi.

Une fois la porte refermée derrière lui, le silence retombe, lourd et brisé seulement par le souffle haletant d'Élodie. Elle se précipite vers moi et, d'une voix douce, mais inquiète, demande.
— Rose, ça va ? Qu'est-ce qui vient de se passer ?
Je reste muette quelques instants, encore sous le choc.
— Viens, on va s'asseoir un moment, Rose. Laisse-moi t'aider à te calmer.
Elle pose une main réconfortante sur mon épaule, et Thomas se tient près d'elle, veillant à ce que je ne sois pas seule face à ce moment douloureux.
— Tu peux me dire ce qui s'est passé ? Pourquoi Marc était-il ici ?
Je ferme les yeux un instant, rassemblant le courage de briser enfin le silence qui m'étouffe et laisse mes mots s'échapper.
— Marc est venu me voir parce que je ne répondais plus aux messages de Julien ni à ceux de Marie et Chloé.
Je marque une pause, ma voix tremblante d'émotion.
— Quand Marc est arrivé, il a commencé par me parler calmement, m'assurant qu'il était venu parce que Julien était inquiet. J'étais presque prête à lui faire confiance, à lui ouvrir mon cœur.
Je regarde Thomas, qui m'encourage d'un regard attendri, et je continue.
— Mais au moment où j'essayais de lui dire tout ce qui

me pèse, il s'est penché vers moi et, sans que je ne puisse l'arrêter, il a glissé sa main sur ma cuisse. Il m'a dit que je lui plaisais, qu'il pouvait m'apporter ce que Julien ne pouvait pas... J'ai repoussé ce geste et il m'a répondu... Je m'interromps. Elodie se penche, les yeux emplis d'incompréhension.
— Qu'est-ce qu'il a dit exactement ?
Je prends une profonde inspiration et poursuis d'une voix à peine audible.
— Il a dit : « Vous êtes toutes les mêmes, Rose. » Tu veux que j'agisse avec toi de la même manière que j'ai agi avec les autres ? Par la force ? » J'étais pétrifiée. Le Marc que je pensais connaître s'est transformé en quelqu'un d'autre, quelqu'un de menaçant... Et c'est quoi, « les autres » ? Il l'a dit comme si c'était banal... Comme si ce n'était pas la première fois. D'abord, Henry et maintenant Marc ? Mais qu'ai-je fait pour mériter ça ? Je n'aurais jamais dû chercher mon père.

Un silence pesant s'installe quelques instants. Thomas hoche lentement la tête, son regard s'assombrissant d'une compassion sincère, mais aussi d'une détermination à comprendre toute l'histoire.
— Rose, j'avoue que je suis perdu, j'ai besoin de comprendre ? Qui est ce Henry dont tu parles ? Il s'est passé quoi avant tout ça ?
Je ferme les yeux.
— À la mort de mon grand-père, j'ai trouvé une lettre, écrite de sa main. Elle disait que mon père, celui que je n'ai jamais connu, n'était pas mort avec ma mère lors de l'accident, contrairement à ce que l'on m'avait toujours raconté.
Je laisse échapper un soupir.
— J'ai appris qu'il s'appelait Henry et qu'il dirigeait un

hôtel. J'ai décidé de me faire embaucher là-bas, pour espérer me rapprocher de lui et trouver des réponses… Mais il a été accusé et condamné pour viol, ça a brisé l'image que j'avais de lui.
Je sens mes mains trembler, et je continue d'une voix plus faible.
— Marc est l'ami d'enfance d'Henry et je suis tombée amoureuse de son fils, Julien…
Je serre les poings, l'émotion montant en moi.
— Lors d'une conversation banale, Marc a laissé échapper qu'il avait été en couple avec ma mère avant sa disparition, et non pas Henry, comme je le pensais.
— Si Marc et ma mère étaient ensemble, alors Julien, le garçon que j'aime, serait mon demi-frère.
Le silence s'abat, brutal et accablant. Thomas reste muet un instant, les traits tirés par la stupéfaction.
— Je n'ai jamais connu mon père, Thomas. J'ai grandi avec ces mensonges, avec cette lettre qui m'a révélé des vérités que je ne pouvais imaginer. J'ai cherché à me rapprocher de Henry, mais tout s'est effondré.
Je laisse couler mes larmes, mélange de chagrin et de désespoir.
— Wouah… je comprends ta peine, Rose.
Élodie, les yeux pleins de tendresse, ajoute doucement.
— Nous trouverons un moyen de comprendre ce qui est réel.
Thomas se redresse légèrement.
— Tu mérites de connaître toute la vérité.
Élodie hoche la tête.
— Nous sommes là pour toi, Rose. Mais peut-être qu'il est temps de parler à ceux qui ont vécu ces événements…
Je pense à Maria…

L'idée d'aller voir Maria m'effraie, mais l'incertitude qui

m'habite me pousse aussi à vouloir comprendre. Je sais qu'il me faudra du courage pour affronter ces vérités, mais la perspective d'éclaircir ce mystère me donne une infime lueur d'espoir.

— Je... je vais essayer, dis-je finalement, la voix tremblante, mais déterminée.

— Pour l'instant, repose-toi.

Elodie me serre doucement dans ses bras, et dans ce silence lourd, je prends conscience que, malgré tout, je ne suis pas seule face à ce dédale de mensonges et de douleurs.

Et peut-être, en allant chercher les réponses auprès de Maria, je pourrai enfin trouver la lumière au bout de ce tunnel.

Ce soir-là, après plusieurs heures de repos, je rejoins Élodie et Thomas dans le salon. La pièce est silencieuse, seulement habitée par le tic-tac régulier de l'horloge qui rythme l'attente pesante. C'est alors que je prends mon courage à deux mains.

— Élodie, Thomas... Je dois absolument obtenir l'adresse de Maria, leur dis-je d'une voix encore fragile.

Élodie relève aussitôt la tête, visiblement préoccupée.
— Tu es sûre que c'est une bonne idée ?
— Oui, absolument sûre, j'insiste, sentant mon cœur s'accélérer. Et je sais exactement où la trouver, dans le bureau de Marie, à l'hôtel. Tous les dossiers des employés sont là-bas. Cette adresse pourrait enfin nous permettre de comprendre ce qui s'est réellement passé.

Thomas semble réfléchir. Il pose son menton dans sa main, ses sourcils froncés sous le poids des risques que cela implique.
— Je comprends, dit-il finalement. Mais avec tout ce qui s'est passé avec Marc, tu ne peux pas juste débarquer comme ça, comme si de rien n'était, surtout s'il est présent. Il va falloir être extrêmement prudente. Tu devras absolument passer incognito.

Élodie s'avance légèrement, la voix basse, mais déterminée.
— Si tu veux agir tranquillement, on devra détourner l'attention. On pourrait créer une diversion dans le hall.

Thomas se tourne vers elle, intrigué.
— Oui, mais quelle sorte de diversion ? Quelque chose d'assez crédible pour occuper tout le monde pendant plusieurs minutes serait parfait.

Nous échangeons des regards silencieux, réfléchissant rapidement aux possibilités.

— Une dispute, propose soudainement Élodie. On pourrait simuler une querelle entre nous. Si on élève suffisamment la voix, le personnel n'aura pas d'autre choix que d'intervenir.

— Oui, ça peut fonctionner. Mais on devra bien doser pour éviter d'attirer trop d'attention sur nous-mêmes ensuite.

Pendant les minutes suivantes, nous discutons des détails de la mise en scène, peaufinant notre scénario avec soin. Thomas suggère une fausse jalousie, Élodie propose un conflit professionnel. Finalement, nous décidons de simuler une altercation amoureuse, crédible et suffisamment gênante pour susciter une intervention rapide du personnel.

— C'est parfait, je conclus. Mais attendons encore un peu. Le mieux serait d'y aller tard dans la soirée, quand il y aura moins de monde à surveiller.

Nous restons ainsi, à affiner les derniers détails. Vers minuit, je m'isole un instant dans ma chambre pour me préparer. Je choisis un sweat à capuche noir, large et discret. J'enfonce une casquette sombre sur ma tête. Devant le miroir, j'observe mon reflet méconnaissable, cette femme, ce n'est plus la Rose hésitante d'autrefois, mais quelqu'un de déterminé, prête à prendre tous les risques nécessaires pour obtenir des réponses.

Quelques minutes plus tard, je retrouve Élodie et Thomas dans le couloir. Élodie me serre spontanément contre elle, échangeant un regard chargé d'affection et de confiance. Thomas pose une main réconfortante sur mon épaule.

— Sois prudente surtout, Rose. Reste calme. On

s'occupe du reste.

Mon cœur bat fort lorsque nous quittons enfin l'appartement pour rejoindre l'hôtel Beaumont, désormais silencieux. Dès que nous pénétrons dans le hall, Élodie hausse volontairement la voix, feignant la colère avec une conviction impressionnante. Thomas réplique, entrant immédiatement dans son rôle avec naturel.

La scène attire rapidement l'attention du personnel, exactement comme prévu. Profitant de cette diversion, je contourne discrètement la réception et m'engouffre dans un couloir secondaire. Chaque pas, chaque geste est mesuré. J'arrive devant la porte du bureau de la gouvernante. Je jette rapidement un regard autour de moi avant d'appuyer doucement sur la poignée. La porte s'ouvre dans un léger grincement qui fait accélérer dangereusement mon rythme cardiaque.

Des étagères encastrées en bois clair, parfaitement alignées, abritent des classeurs aux couleurs sobres et des dossiers soigneusement étiquetés. Un grand bureau en verre et métal occupe le centre de la pièce, sur lequel reposent un ordinateur dernier cri, quelques stylos élégants et un organisateur méticuleusement tenu. L'odeur subtile du papier neuf et du bois ciré se mêle à un parfum léger de désinfection, témoignant d'une organisation rigoureuse.

Je m'avance lentement, feuilletant discrètement les dossiers à la recherche d'un indice, d'une mention du nom de Maria. Mon cœur s'accélère lorsque mes doigts effleurent un dossier portant clairement « Maria » en lettres dactylographiées. Sur la première page, en haut, est notée l'adresse complète de Maria. Un soupir de soulagement et de victoire m'échappe.

Je prends rapidement note de l'adresse et je referme le dossier avec précaution. Soudain, un bruit sourd de pas se fait entendre dans le couloir. Je devine immédiatement la présence d'un vigile. Je jette un coup d'œil rapide autour de moi et repère un grand rideau opaque qui sépare deux zones du bureau. Sans hésiter, je m'y engouffre, me glissant derrière le tissu lourd, dont la texture dense et sombre offre une cachette idéale.

Derrière ce rideau, l'obscurité relative me dissimule parfaitement. Je m'accroupis, le souffle court, alors que les pas du vigile se rapprochent. Je peux entendre ses bottes claquer sur le carrelage. Sa voix grave résonne brièvement dans le couloir lorsqu'il interroge d'un ton méfiant.
— Qui est là ?
Le temps semble suspendu. Chaque seconde s'allonge, et je sens la tension grimper en moi. Le rideau frémit légèrement sous un courant d'air, amplifiant mon angoisse.

Finalement, après ce qui me paraît être interminable, les pas du vigile s'éloignent et sa voix se fond dans le lointain murmure du couloir. Je reste immobile encore un instant, le cœur battant, jusqu'à être sûre que le danger est passé. Puis, d'un mouvement précautionneux, je me glisse hors de ma cachette et referme la porte derrière moi. Je parcours à nouveau le couloir avec une prudence extrême, mes pas résonnant faiblement, jusqu'à ce que j'atteigne la porte de sortie.

Je retrouve mes complices. Élodie et Thomas m'attendent

dans le petit auvent d'une entrée secondaire, leur visage empreint de soulagement.

— Rose ! s'exclame Élodie en se précipitant vers moi, les bras ouverts.

Je m'y laisse doucement tomber, épuisée, mais soulagée d'être enfin en sécurité. Thomas, toujours attentif, me fixe avec un regard à la fois sérieux et réconfortant.

— Alors ? dit-il, la voix basse. Tu as réussi à récupérer les infos ?

Je prends une profonde inspiration.

— J'ai pénétré dans le bureau de Marie. Tout était impeccablement rangé, alors c'était facile de trouver le dossier de Maria, j'ai noté l'adresse postale inscrite.

Je marque une pause.

— Mais juste au moment où je terminais, j'ai entendu des pas se rapprocher. Un vigile était dans le couloir, et j'ai dû me cacher derrière un rideau. J'ai passé ce qui m'a semblé être une éternité à retenir ma respiration.

— Tu as fait preuve d'un courage incroyable, Rose. Élodie ajoute.

— On est fiers de toi.

Pendant que je laisse échapper un soupir de soulagement, une pensée traverse furtivement mon esprit. Malgré tout ce chaos, malgré la douleur et la confusion, je repense à Julien. Ses messages du matin, son tendre « Bonjour, ma belle je t'aime… » me manquent cruellement. Je ferme les yeux un instant, ressentant un pincement au cœur, une absence qui rend la situation encore plus insupportable. Je serre mon carnet contre moi.

— Grâce à cette adresse, je vais enfin pouvoir aller chercher les réponses auprès de Maria, dis-je. Tout ça, c'est surtout grâce à vous.

Dans le silence apaisé de la nuit, tandis que l'hôtel scintille faiblement derrière nous, je sens une détermination nouvelle en moi. Chaque risque pris m'amène un peu plus près de la vérité. Avec Thomas et Élodie à mes côtés, je sais que, malgré la peur et les embûches, je ne suis plus seule.

Chapitre 11

La voiture s'arrête devant la maison de Maria, une bâtisse discrète aux façades usées par le temps. Thomas et Élodie me regardent avancer jusqu'à la porte d'entrée.
D'une main légèrement tremblante, j'appuie sur la sonnette.
Pendant de longues secondes pesantes, mon esprit s'égare, repensant à ce jour fatidique à l'hôtel, aux cris étouffés, à la vision de Maria, en larmes, après cette agression dont je n'avais pu saisir l'ampleur.
Finalement, la porte s'entrouvre, révélant à peine l'ombre d'une silhouette. Une hésitation se fait entendre.
— Qui est là ?
Je respire profondément et, sans hésiter, je réponds d'une voix posée malgré mes tremblements.
— C'est Rose. J'étais là pour vous à l'hôtel. Je viens vous voir, Maria, car j'ai besoin de connaître la vérité sur ce qui s'est passé.
Il y a un instant de silence. La porte reste entrouverte, hésitante, et je perçois la méfiance dans la voix qui s'élève

ensuite.
— Pourquoi venez-vous aujourd'hui ?

Je sens mon cœur se serrer, les souvenirs se mêlent à la douleur.
— Parce que je dois comprendre, Maria. Je dois savoir ce qui est vraiment arrivé ce jour-là. J'ai cru qu'Henry vous avait fait du tort... Mais désormais, des indices me font douter.

Je marque une pause, fixant la porte ouverte, espérant que ma sincérité parvienne à briser sa réticence.

La voix de Maria se fait plus basse, presque inaudible, comme si chaque mot était une confession douloureuse.
— J'essaie de me reconstruire. Vous êtes venue ici et vous cherchez à me faire revivre des souvenirs que je préférerais enterrer.
— Je vous en supplie, Maria, je ne cherche pas à vous faire souffrir davantage. J'ai besoin de comprendre. S'il vous plaît, aidez-moi.

Je fais une pause.
— Vous êtes la seule qui puisse m'éclairer. S'il vous plaît, laissez-moi entrer, ne serait-ce que pour parler quelques instants.

La porte se fige. Finalement, après un long moment, la porte s'ouvre un peu plus, révélant le regard fatigué et empreint de tristesse de Maria.
— Très bien, dit-elle d'une voix tremblante, entrez, mais soyez brève.

Je franchis le seuil de la maison. À l'intérieur, la lumière de l'après-midi filtre à travers de grandes fenêtres aux rideaux de lin, dessinant des motifs flous sur le parquet ciré. Le hall d'entrée est décoré avec sobriété, un vieux miroir encadré d'un bois patiné, quelques plantes d'intérieur soigneusement entretenues et des tableaux aux teintes douces qui semblent raconter des histoires oubliées. L'atmosphère est chaleureuse. Je m'avance dans le petit salon, une pièce spacieuse aux murs crème et au mobilier d'époque. Un canapé en velours vert émeraude trône face à une cheminée en pierre, et une table basse en verre repose sur un tapis aux motifs géométriques. Au fond de la pièce, une bibliothèque regorge de livres aux reliures usées.

Maria se tient dans un coin, près d'une grande fenêtre, les mains jointes devant elle. Ses yeux, d'un bleu terne, fuient les miens quelques instants. Je m'installe en face d'elle dans un fauteuil en cuir, tandis qu'elle reste debout, le dos légèrement voûté.
Je tente de décrypter les émotions qui traversent son visage. Une légère cicatrice, à peine visible sous sa joue gauche, lui rappelle probablement l'agression récente qu'elle a subie. Je prends une inspiration avant d'oser briser le silence.

— Maria, dites-moi ce qui s'est réellement passé ce soir-là.

Maria détourne les yeux, fixant un point invisible sur la table basse entre nous. Son expression est figée, ses lèvres pincées comme si elle tentait de retenir des mots trop lourds à porter.

— Je vous l'ai déjà dit, Rose. C'était Henry…

Sa voix tremble légèrement sur le prénom, et je remarque son regard furtif qui se pose partout sauf sur moi. Je ressens instinctivement qu'elle me cache quelque chose. Je me penche légèrement en avant, cherchant son regard pour capturer toute son attention.

— Maria… Écoutez-moi. Je sais que ça vous fait peur, mais je ne crois pas que Henry ait pu vous faire du mal. Il y a autre chose, je le sens.

Elle me regarde enfin, les yeux brillants de larmes refoulées. Pendant un court instant, son visage se tord de douleur, avant qu'elle ne murmure.
— Pourquoi ne voulez-vous pas me croire ? Pourquoi cherchez-vous une autre vérité que celle que je vous donne ?
— Parce que j'ai vécu quelque chose de semblable, Maria. Je sais ce que Marc est capable de faire. Il m'a déjà menacée.
Elle sursaute légèrement à l'évocation de ce prénom. Son souffle s'accélère imperceptiblement, et son corps entier se crispe. Sa réaction ne m'échappe pas, et j'insiste.
— C'est Marc, n'est-ce pas ? Il vous a agressée ?

Maria ferme les yeux comme pour tenter de repousser le souvenir douloureux qui semble s'imposer violemment à son esprit. Ses doigts tremblent lorsqu'elle ramène nerveusement une mèche de cheveux derrière son oreille.
— Je ne peux pas, Rose… Je ne peux pas… Pourquoi voulez-vous tant savoir ce qui est arrivé ? Pourquoi prendre autant de risques ?

Son ton se fait implorant, presque suppliant. Je comprends à cet instant que, pour la convaincre de me faire confiance, je dois lui révéler une part du secret que je porte en moi depuis trop longtemps.
— Maria, écoutez-moi attentivement. Ma mère connaissait Marc et Henry. Elle les a connus bien avant que je naisse.
Je marque une pause, la voix légèrement tremblante.
— L'un des deux est mon père.
Son visage se fige instantanément sous l'effet de la révélation. Elle ouvre lentement la bouche, ses yeux agrandis par la surprise.

— Votre... votre père ? souffle-t-elle à peine.
— Oui. C'est pour ça que je suis là. C'est pour ça que je ne peux pas abandonner. Je dois comprendre. Toute ma vie dépend de la vérité que vous seule détenez.

Elle secoue lentement la tête, ses yeux désormais noyés de larmes qui coulent silencieusement sur ses joues.
— C'était Marc, finit-elle par admettre d'une voix brisée. Il est entré dans la chambre que je nettoyais. Quand j'ai refusé ses avances, il est devenu fou et m'a dit que j'étais comme toutes les autres, il est devenu violent...

Un frisson parcourt mon corps en entendant ses mots. Toute la pièce semble s'assombrir d'un coup, glaciale, comme si l'air lui-même se retirait.

— Henry est arrivé quelques minutes plus tard, poursuit-elle d'une voix basse. Il était venu m'aider. Mais j'avais tellement peur que je l'ai accusé sans réfléchir. Je voulais simplement que tout s'arrête...

Elle enfouit son visage entre ses mains, secouée de sanglots silencieux. J'approche doucement une main pour toucher son bras, cherchant à lui offrir un peu de réconfort.

— Pourquoi n'avez-vous rien dit à la police ? Pourquoi protéger Marc ?

Elle relève lentement la tête, son regard plein de terreur me fixe avec une intensité qui me glace.

— Parce que Marc me ferait du mal, Rose. S'il apprend que j'ai parlé, il me retrouvera... et je ne peux pas prendre ce risque.

Je reste figée, prise au piège entre l'envie irrépressible de justice et l'horreur que je lis dans les yeux de Maria. La vérité commence à se dessiner, sombre et menaçante, et je réalise soudain que je suis entrée dans une lutte bien plus dangereuse que tout ce que j'avais imaginé.

Je prends doucement la main de Maria entre les miennes, cherchant à lui transmettre un peu de courage.
— Merci de m'avoir fait confiance, Maria. Tout finira par s'arranger, je vous le promets. Faites attention à vous, d'accord ?

Elle esquisse un faible sourire, essuyant ses larmes d'un geste rapide.
— Vous aussi, Rose. Soyez prudente.

Elle me raccompagne à la porte en silence, me regardant traverser son petit jardin jusqu'à la voiture où Élodie et Thomas m'attendent impatiemment. Avant de monter, je me retourne vers Maria, lui adressant un dernier signe de la main, comme pour lui promettre encore une fois que je ne l'abandonnerai pas.

La porte claquée, je m'assois à l'arrière, un profond soupir m'échappant.
Élodie se tourne aussitôt vers moi depuis le siège passager, les yeux écarquillés par l'impatience.
— Alors, Rose ? Qu'est-ce qu'elle a dit ?

Thomas démarre doucement, attentif à la route, mais clairement à l'écoute. Je prends une longue inspiration pour apaiser le tremblement de ma voix.
— Ce n'était pas Henry.
— Quoi ?! s'exclame Élodie avec surprise.

Je hoche lentement la tête.
— C'était Marc. Depuis le début, c'est lui qui tire les ficelles. Il cherche à faire accuser Henry.
— Mais attends... Pourquoi Maria l'a accusé alors ? interrompt Thomas, fronçant les sourcils.

— Elle avait peur. Marc l'a menacée. Si elle dit la vérité, il lui fera du mal.
Un silence tendu envahit l'habitacle. Élodie se mordille nerveusement la lèvre inférieure avant de reprendre.
— Mais, alors… Henry était vraiment là pour l'aider ?
Je laisse mes yeux dériver vers le paysage flou à travers la fenêtre, tentant de calmer les battements affolés de mon cœur.
— Oui. Maria l'a fait fuir. Elle était terrifiée. Henry était venu pour l'aider et comprendre ce qui s'était réellement passé, mais elle a eu peur et a crié. Elle le regrette profondément aujourd'hui, mais c'est trop tard.
— Et comment tu as fait pour la convaincre de te dire tout ça ? questionne Élodie en me scrutant du regard.
— Je… j'ai dû lui dire la vérité.

Thomas croise mon regard dans le rétroviseur, l'air interrogatif
— Quelle vérité ?

Je déglutis péniblement.
— Que je suis liée à tout ça !
— Tu lui as dit que tu étais la fille d'un des deux ? murmure Élodie.
— Oui. Je n'avais pas le choix. Je devais la convaincre que j'avais une vraie raison de tout savoir.

Ma voix s'étrangle légèrement. Thomas ralentit.
— Ça va, Rose ?
— Oui… enfin… C'est juste que tout ça me dépasse. Je ne sais plus qui est mon père, Julien me manque. Je suis perdue.

Élodie se retourne totalement, posant doucement une main

rassurante sur mon genou.
— Rose, écoute-moi bien. On est avec toi, d'accord ?
Peu importe ce que nous découvrirons.
Thomas approuve d'un ton assuré.
— Élodie a raison.
Je laisse échapper un souffle de reconnaissance.
— Merci, tous les deux. Vraiment…

Un silence plus calme s'installe. Thomas fixe à nouveau la route.
— Alors, c'est quoi la suite ? demande-t-il finalement. Qu'est-ce qu'on fait maintenant ?
— Maintenant ? dis-je d'une voix résolue. Maintenant, on révèle la vérité. On ne laissera pas Marc s'en sortir comme ça.
Élodie sourit avec détermination.
— Ça me plaît ça.
Thomas accélère légèrement, comme emporté par mon élan.
— Très bien, alors accrochez-vous. On retourne à Paris.

La voiture file à travers la nuit tombante, et, pour la première fois depuis longtemps, je ressens un sentiment nouveau, celui d'avoir enfin trouvé ma place dans cette histoire, prête à affronter les vérités qui m'attendent.

Chapitre 12 : Julien

Je me tiens devant la grande fenêtre du salon, le front appuyé contre la vitre froide, le regard perdu vers l'extérieur. La ville paraît calme ce soir. Ce silence autour de moi est insupportable. Depuis que Rose ne répond plus à mes messages, tout me paraît vide. Mon appartement semble avoir perdu toute chaleur, toute vie.

Je soupire profondément et ferme les yeux. Combien de fois ai-je revécu cette nuit avec elle ? Chaque détail est gravé en moi, le goût de ses lèvres, l'odeur délicate de ses cheveux, la manière dont elle riait doucement en essayant de cacher son embarras. J'entends encore sa respiration, le rythme de son cœur battant contre le mien. Sans elle, mon lit me semble trop froid, trop grand, trop vide.

Je rouvre les yeux, fixant mon téléphone posé sur la table basse. Aucun message. Aucune réponse. Je déteste cette sensation d'impuissance. Pourquoi Rose me fuit-elle soudainement ? Qu'est-ce que j'ai bien pu faire pour qu'elle refuse ainsi tout contact ?

Je finis par céder et je saisis mon téléphone. Mes doigts survolent l'écran avant de s'arrêter sur le nom d'Élodie. Peut-être qu'elle acceptera de me donner des nouvelles... Je commence à écrire rapidement, le cœur serré :

« *Salut Élodie... Je suis désolé de t'écrire comme ça, mais je suis vraiment inquiet. Rose ne me répond plus, et je commence à paniquer. Elle va bien au moins ?* »

J'appuie sur Envoyer. Je me sens étrangement soulagé et anxieux à la fois. Je guette mon écran, incapable de penser à autre chose, quand une vibration brise enfin l'attente.

« *Salut Julien. Je suis désolée, je sais que c'est compliqué pour toi. Rose traverse une période vraiment difficile en ce moment, elle vient de découvrir des choses compliquées sur sa famille et elle a besoin d'espace.* »

« Des choses sur sa famille ». Que se passe-t-il exactement ? Je tape immédiatement une réponse, mon anxiété palpable à chaque mot.

« *Merci Élodie. Je comprends, mais j'aimerais tellement savoir ce qu'il se passe... Je veux juste être sûr qu'elle va bien. Je ferai ce qu'il faut, j'attendrai s'il le faut, mais je ne peux pas rester sans savoir.* »

Cette fois, Élodie répond presque aussitôt.

« *Julien, je pense qu'on devrait en parler de vive voix. On ne peut pas tout se dire par message. Tu serais disponible demain matin ? On pourrait se retrouver dans un café, sans*

que Rose soit au courant. Elle n'a pas besoin de savoir, pas maintenant. »
Je sens un mélange d'appréhension et de soulagement me traverser en même temps. Un rendez-vous secret avec Élodie ? C'est risqué, mais j'ai besoin de réponses.
« Oui, bien sûr. Dis-moi où et à quelle heure. Je serai là. »
Quelques secondes plus tard, elle me donne rendez-vous dans un petit café discret, à l'écart des quartiers fréquentés de Paris. Je repose mon téléphone sur la table basse, soudain épuisé.

* * *

La nuit a été interminable. Je n'ai presque pas dormi, hanté par la promesse d'Élodie et ce rendez-vous fixé ce matin, dans un café du 11ᵉ arrondissement.

Je me retrouve ainsi, à dix heures du matin, assis près d'une fenêtre dans ce café que je ne connais pas. L'établissement est petit, discret, mais chaleureux, murs en briques apparentes, tables en bois usé, et une douce odeur de café fraîchement moulu qui flotte dans l'air. Les grandes vitres donnent directement sur une petite rue calme et encore humide de la pluie de la nuit passée. Je regarde dehors, je vois les passants pressés, les parapluies colorés qui se croisent sous le ciel grisâtre de Paris.

J'ai commandé un café noir, que je n'ai pas encore touché, les yeux rivés sur l'écran de mon téléphone. Mon cœur s'accélère brusquement lorsque j'aperçois Élodie traverser la rue, pressant le pas pour éviter les gouttes de pluie fine qui glissent sur son manteau. Elle pousse la porte du café,

me repère immédiatement et s'approche.
— Salut Julien, murmure-t-elle en s'asseyant face à moi.
— Salut Élodie, merci d'être venue.

Elle hoche doucement la tête, les lèvres pincées par la tension. Je sens immédiatement qu'elle lutte contre elle-même, hésitant sur la manière de commencer. Alors, je décide de briser le silence.
— Tu veux boire quelque chose ?
— Un thé, s'il te plaît.

Je commande son thé auprès d'un serveur. Élodie serre les mains sur la table, cherchant ses mots avec difficulté.
— Julien… commence-t-elle finalement, ce que je vais te dire est compliqué, d'accord ? J'ai promis à Rose de ne rien dire, mais elle ne peut pas continuer comme ça, et toi non plus.
— Vas-y, dis-moi.

Elle respire profondément avant de commencer.
— Rose n'est pas arrivée par hasard à l'hôtel Beaumont. Elle est venue pour retrouver son père.

Je hausse les sourcils, pris totalement au dépourvu.
— Son père ? Mais qu'est-ce que tu racontes ? Son père est mort, non ? Elle m'a dit qu'elle avait perdu ses deux parents.

Élodie secoue lentement la tête.
— Non, Julien. Elle croyait à cette histoire jusqu'au jour où elle est tombée sur une lettre écrite par son grand-père avant sa mort. Dans cette lettre, il lui révèle que son père biologique est toujours vivant. Sa mère est décédée jeune, mais son père, lui, est bien vivant.

Mon esprit s'embrouille, je lutte pour assimiler ces révélations soudaines.
— Et... quel rapport avec l'hôtel ?
Élodie se mord la lèvre inférieure, hésitante, puis finit par lâcher.
— Parce que son père pourrait être Henry... ou ton père, Marc.
Mon sang se glace instantanément. Un silence lourd s'installe entre nous alors que je fixe Élodie, comme si j'attendais qu'elle m'avoue qu'elle plaisante. Mais son visage ne montre aucun signe d'hésitation.
— Quoi ? Je souffle, la voix cassée. Tu es sérieuse là, Élodie ?
— Oui, Julien. Je suis désolée. Dans la lettre de son grand-père, le nom de Henry était noté. Rose pensait que Henry était son père, mais, avec les révélations de Marc au sujet de sa relation avec Émilie, tout laisse à croire que Marc pourrait aussi être son père... votre père...

Je secoue violemment la tête, refusant cette vérité insupportable.
— Non... c'est impossible, nous n'avons pas le même père. Rose fait erreur, je refuse d'y croire.
— Julien, écoute-moi. Rose était dans le même état que toi. Elle est perdue, et encore plus depuis qu'elle s'est trouvée directement confrontée à Marc, il lui a fait des avances, Julien, il est dangereux. C'est lui qui a agressé Maria, et il essaie de tout mettre sur le dos d'Henry.
Je ressens une violente colère monter en moi, une colère dirigée contre Élodie qui ose accuser mon père, contre Rose qui ne m'a jamais rien dit, contre cette vérité atroce que je refuse catégoriquement.
— Non, c'est complètement faux, dis-je avec une

froideur que je peine à contrôler. Mon père n'est pas comme ça. Je ne sais pas ce que Rose t'a raconté, mais elle se trompe. Je ne peux pas croire à ces accusations. Pas venant d'elle, pas comme ça !
— Je savais que tu réagirais comme ça, murmure Élodie, ses yeux emplis de compassion. Mais Rose est allée voir Maria, et Maria lui a tout avoué. Ton père la menace, Julien, il a manipulé tout le monde, même toi. C'est la vérité.

Je repousse ma tasse avec colère, me levant brusquement, le visage rouge de honte et de confusion. Autour de nous, les clients du café lèvent légèrement la tête, intrigués par mon agitation soudaine. Je me rassois aussitôt, prenant conscience de mon attitude. Mes mains tremblent sur la table.
— Pourquoi Rose ne m'a rien dit, Élodie ? Pourquoi m'avoir laissé croire qu'elle était venue simplement travailler à l'hôtel ? Pourquoi m'a-t-elle laissé tomber amoureux d'elle sans me dire qui elle était réellement ?
Élodie soupire doucement.
— Parce qu'elle t'aime, Julien. Elle a peur de te perdre. Elle pense que tu ne pourras jamais accepter tout ça, car elle-même n'accepte pas que tu puisses être son frère.

Je détourne les yeux, le cœur lourd. Je pense à chaque instant passé avec Rose, à nos discussions, à cette nuit que j'avais crue si sincère. Tout ça semble désormais basé sur un mensonge, une demi-vérité trop dure à accepter. Je me sens trahi, manipulé, complètement perdu.
— Je ne sais plus quoi penser, Élodie, dis-je, ma voix brisée par l'émotion. Si tu dis vrai… alors mon père est un monstre. Comment veux-tu que j'accepte ça ? Comment veux-tu que je continue comme si de rien n'était ?

Elle pose doucement sa main sur la mienne, un geste amical censé m'apaiser, mais je la retire instinctivement, encore trop sous le choc pour accepter ce réconfort.

— Je suis désolée, Julien. Vraiment désolée. Rose est dévastée, mais tu devais savoir. Prends le temps d'y réfléchir. Rose ne t'a jamais voulu de mal, au contraire...

Je ferme les yeux en essayant désespérément de faire taire les pensées qui m'assaillent. Quand je les rouvre, Élodie me regarde encore.

— J'ai besoin de temps, dis-je lentement, sans réussir à cacher ma douleur. Je ne sais pas si je peux lui pardonner de m'avoir caché tout ça. Pas maintenant, pas tout de suite.

Elodie hoche la tête tristement, consciente que je n'arrive pas encore à accepter ce qu'elle vient de m'avouer. Je quitte le café, troublé, désorienté, comme si le sol venait de se dérober sous mes pieds. Tout ce en quoi j'avais cru jusqu'à aujourd'hui semble s'écrouler brutalement. Les révélations d'Élodie tournent en boucle dans ma tête. Mon père, celui que je pensais connaître depuis toujours, serait donc ce monstre, ce manipulateur capable du pire ? Non, c'est impossible. Pourtant, la douleur dans le regard d'Élodie semblait terriblement sincère. Elle ne peut pas tout inventer. Je dois savoir.

Sans même réfléchir, mes pas m'entraînent vers l'hôtel. Le lieu où tout a commencé, où tout s'est écroulé. Je marche vite, presque trop vite, insensible à la pluie qui ruisselle sur mon visage, mon manteau à moitié ouvert, battant au rythme de mes pas précipités. L'urgence de confronter mon père s'est imposée comme une évidence. Je dois lui parler, je dois voir son visage lorsqu'il me répondra. Je dois comprendre.

L'hôtel apparaît enfin devant moi, imposant et froid sous le ciel sombre, ses fenêtres éclairées projetant des ombres discrètes sur le trottoir. Je franchis les portes vitrées du grand hall, sans même répondre au réceptionniste qui me salue. Je sens tous les regards des employés sur moi, surpris par mon attitude étrange, mais je ne m'en soucie pas. J'ai une mission à accomplir.

Je me dirige directement vers le bureau de mon père au premier étage, montant les escaliers deux par deux. Arrivé devant la porte massive en bois sombre, je frappe fermement, une fois, deux fois, puis sans attendre, j'entre brusquement.

Le bureau est vide. Les lumières éteintes. Je m'immobilise au milieu de la pièce, envahi par un mélange de colère, de frustration et d'un soulagement inexplicable. Peut-être avais-je peur de ce face-à-face ? Peur d'apprendre une vérité que je refuse encore d'accepter ? Je serre les poings, désemparé.

Je redescends lentement vers le hall principal, les épaules affaissées par la lourdeur de mes pensées. Alors que je traverse le hall d'un pas lent, une voix douce et familière interrompt brutalement mes pensées.
— Julien ?
Je me retourne doucement et découvre Chloé, debout à quelques pas de moi. Elle semble hésiter, presque gênée de me déranger, mais ses grands yeux sombres me dévisagent.
— Salut Chloé, dis-je d'une voix que je peine à reconnaître moi-même.
Elle s'approche doucement, ses bras croisés comme pour se protéger du froid ambiant qui règne dans l'hôtel. Sa voix se fait plus douce, presque maternelle.
— Tu vas bien ? Tu as l'air… triste.

Je baisse légèrement la tête, essayant de dissimuler maladroitement l'état chaotique dans lequel je me trouve. Mais je sens que c'est inutile, elle a déjà deviné que quelque chose ne va pas.
— Pas vraiment, dis-je finalement. C'est compliqué en ce moment...

Elle acquiesce lentement, comme si elle comprenait exactement ce que je ressentais. Son regard devient plus sérieux, plus compatissant aussi.
— Tu as des nouvelles de Rose ? Elle ne répond que vaguement à mes messages. Je commence vraiment à m'inquiéter...

À l'évocation de son prénom, je sens mon cœur se serrer brutalement. La douleur est encore trop vive. Je secoue doucement la tête, incapable de masquer mon amertume.
— Non, aucune nouvelle. Elle... elle ne veut plus me parler.
— Oh... Je suis désolée, Julien, murmure-t-elle. Je pensais que tout allait bien entre vous deux.

Je relève lentement les yeux vers elle. La sincérité de son regard me pousse à continuer.
— Je pensais aussi. Mais depuis que j'ai vu Elodie, depuis que Rose est allée voir Maria, tout est... je... je ne sais plus.

Chloé fronce légèrement les sourcils, intriguée.
— Voir Maria ? Mais pourquoi ? Qu'est-ce qu'elle lui a dit ?
Je soupire, passant nerveusement ma main sur mon visage, comme pour effacer la fatigue et l'amertume qui me rongent.

— Je ne peux pas tout te dire, Chloé. J'en dis déjà sûrement trop.

Je marque une pause, réalisant brutalement que je ne dois mêler personne d'autre à cette histoire. Elle reste silencieuse un instant, puis finit par murmurer.

— Julien, je suis désolée pour toi. Si tu veux parler, tu sais où me trouver.

Je hoche la tête lentement avant qu'elle ne s'éloigne, je l'interpelle une dernière fois.

— Chloé... Mon père, tu sais où il est ?

Elle secoue doucement la tête, l'air désolé.

— Il est parti tôt ce matin, sans rien dire. Il avait l'air préoccupé, mais tu connais Marc... il ne dit jamais rien. Il sera sûrement de retour plus tard.

Je soupire une nouvelle fois, profondément. Le destin semble vouloir prolonger cette attente insupportable. Je remercie vaguement Chloé avant de sortir de l'hôtel, retournant affronter seul la pluie fine qui tombe toujours doucement sur Paris.

Je marche lentement sur les trottoirs, le cœur lourd, les pensées sombres. Je ne sais plus qui croire ni quoi penser. Mon père, que je croyais connaître, est peut-être un monstre. Rose, celle que j'aime, m'a caché toute la vérité. Ma vie entière semble avoir basculé en quelques heures, et désormais, je me sens totalement perdu, pris au piège d'une histoire dont j'ignore encore comment sortir.
La colère laisse progressivement place à une tristesse profonde et dévorante.

Chapitre 13 : Chloé

Julien quitte l'hôtel, et je reste là, immobile dans le hall d'entrée, mon regard figé sur la porte vitrée qui vient de se refermer lentement derrière lui. La tension palpable qui émanait de lui résonne encore étrangement autour de moi. Je repasse en boucle les derniers mots qu'il a prononcés.
« Rose est allée voir Maria »
Cette phrase simple, pourtant banale en apparence, me hante et je sens une inquiétude oppressante monter dans ma poitrine, mélangée à une forme de colère profondément enfouie

Autour de moi, la vie de l'hôtel reprend son rythme habituel, les clients vont et viennent, la réception s'anime discrètement.
Je décide de regagner rapidement l'arrière de la réception.
Pourquoi Rose est-elle allée voir Maria ? Que lui a-t-elle dit exactement ? Quel danger représente-t-elle désormais pour Marc ?
Marc…
À la simple évocation de son prénom, je sens ce trouble familier qui me submerge chaque fois qu'il envahit mes

pensées. Marc et moi partageons quelque chose de spécial, d'unique, une relation si précieuse à mes yeux, même si elle doit rester secrète aux yeux de tous. Marc m'a souvent expliqué que personne ne comprendrait notre amour, que les autres ne pourraient jamais saisir la profondeur de ce qui nous unit vraiment. Marc sait toujours ce qu'il fait, ce qu'il dit, il a toujours raison.
Mais à présent, je ressens une inquiétude intense que je peine à contrôler. Rose pourrait-elle vraiment briser tout ce que Marc et moi avons construit ? Que se passera-t-il si elle décide de dévoiler publiquement tout ce qu'elle sait désormais ? Mon cœur accélère brusquement, l'angoisse prenant le dessus sur mes pensées rationnelles.

Sans réfléchir, je prends mon téléphone et commence à faire défiler rapidement mes contacts. Mes doigts s'arrêtent sur le numéro de Marc. Je reste ainsi quelques secondes, hésitante, le cœur battant fort, mais je finis par reculer. Non, je ne peux pas le déranger pour ça, pas encore. Je dois agir seule, montrer à Marc que je suis capable de gérer cette situation, qu'il peut compter sur moi.

Je réfléchis rapidement, cherchant une solution. Puis, soudain, une idée précise se forme dans mon esprit.
Rose. C'est elle qui détient les informations. C'est elle qui menace Marc. Si je veux protéger l'homme que j'aime, je dois m'occuper de cette menace moi-même. Un plan commence à se dessiner clairement dans ma tête, presque malgré moi, mais je n'ai plus le choix.
Je me lève lentement, décidée, et commence à rassembler mes affaires d'un geste mécanique. Mon esprit est focalisé sur une seule chose : attirer Rose chez moi. Mais comment faire sans éveiller ses soupçons ? Je connais Rose, elle est douce, sensible, empathique. J'ai seulement à jouer sur

cette gentillesse qui la caractérise, à feindre la détresse, le danger, et elle viendra immédiatement.

Un frisson désagréable me traverse, une part de moi-même ayant conscience de la gravité et de la folie de ce que je m'apprête à faire. Mais je la repousse brutalement. Je dois protéger Marc, coûte que coûte. Je m'active, préparant mentalement chaque étape : l'appel, la mise en scène, la manière dont je devrai réagir face à Rose quand elle arrivera chez moi.

Je ferme les yeux un instant, respirant profondément pour calmer les battements affolés de mon cœur.
« *Tu peux le faire, Chloé… Tu dois le faire. Pour Marc. Pour nous.* »
J'ouvre lentement les yeux, ma résolution plus forte que jamais. Je saisis à nouveau mon téléphone et, cette fois-ci, je cherche le numéro de Rose dans mes contacts. Mon doigt se fige au-dessus de son nom. Je sens une dernière hésitation, une ultime pensée lucide m'impose vainement de m'arrêter.

Mais l'image de Marc apparaît à nouveau, son regard, son sourire, ses paroles murmurées doucement à mon oreille. Mon cœur se serre à nouveau. Il compte sur moi, même s'il ne le sait pas encore. Pour lui, je suis prête à tout. Même au pire.

ROSE

Je suis seule dans l'appartement, assise sur le canapé avec une tasse de thé refroidissant lentement entre mes mains. Mon esprit est encore perturbé par tout ce que Maria m'a révélé la veille. Les images se bousculent, se mélangent à mes peurs, à ma tristesse, à Julien. J'ai presque sursauté lorsque mon téléphone posé sur la table basse s'est mis à vibrer.

Je regarde l'écran, « Chloé ». Un étrange pressentiment me saisit. Sans trop attendre, je décroche immédiatement.
— *Allô, Chloé ?* dis-je doucement.
Un silence pesant répond d'abord à ma question. Puis, j'entends une respiration difficile, presque sanglotante, à l'autre bout du fil.
— *Rose…? Rose, c'est toi ?* répond finalement Chloé d'une voix faible, tremblante, presque méconnaissable.

À son ton, je comprends que quelque chose ne va clairement pas.
— *Oui, c'est moi. Chloé, qu'est-ce qui se passe ? Tout va bien ?*

Elle ne répond pas tout de suite, mais j'entends clairement ses sanglots étouffés reprendre.
— *Chloé ? Parle-moi, s'il te plaît…*
Elle respire profondément, comme pour rassembler ses forces.
— *Rose… Je… Je ne savais pas qui appeler… je suis désolée, je ne voulais pas te déranger…*
— *Tu ne me déranges pas,* je lui réponds immédiatement, voulant la rassurer. *Qu'est-ce qui se passe ?*

Sa voix devient encore plus fragile.
— *C'est... c'est Marc... Il est venu chez moi, et il était... différent, il était en colère. Il... il s'est énervé, il a commencé à crier, et puis... il m'a frappée... Rose, j'ai tellement peur... je ne sais plus quoi faire...*

Je sens immédiatement mon cœur battre à toute allure. Le nom de Marc résonne douloureusement en moi, accompagné des souvenirs désagréables de ce qu'il m'a fait subir. Je n'ai aucun mal à imaginer la scène décrite par Chloé. Mon corps tout entier se tend sous l'effet de l'angoisse.
— *Oh mon Dieu, Chloé... Est-ce que tu vas bien ? Tu es blessée ?*

Elle hésite, puis répond d'une voix presque étouffée par les pleurs.
— *Je crois... Je ne sais pas trop... je suis perdue... Tout est en désordre, il a cassé des choses... J'ai tellement peur qu'il revienne... J'ai besoin de quelqu'un ici... avec moi...*

Comment pourrais-je lui refuser mon aide ? Chloé semble si vulnérable, si fragile, elle a besoin de moi.
— *D'accord, Chloé, j'arrive tout de suite. Je serai là très vite, promis. Garde ton calme, je ne te laisse pas tomber.*
— *Merci Rose... merci infiniment*, murmure-t-elle.

Je raccroche rapidement, attrape mon manteau sans même réfléchir, et quitte l'appartement en courant, poussée uniquement par l'urgence. Je sens une montée d'adrénaline puissante, mêlée d'inquiétude et de colère. Comment Marc peut-il aller aussi loin ? Il est temps que tout ça s'arrête, définitivement.

Alors que je descends les escaliers à toute allure, une petite voix au fond de moi murmure.
« Fais attention, Rose… »
Mais je la repousse brutalement. Je n'ai plus le choix. Je dois aider Chloé, avant qu'il ne soit trop tard.

CHLOÉ

Après avoir raccroché, je reste immobile dans mon salon, le cœur battant à tout rompre. Je contemple autour de moi le désordre savamment orchestré : meubles renversés, lampe brisée sur le sol, cadres décrochés. Tout semble réel. Je suis presque convaincue moi-même de ce scénario imaginaire. Pourtant, au fond de moi, je ressens encore un profond malaise. Une part de moi-même est horrifiée par ce que je m'apprête à faire.

Je ferme les yeux quelques secondes, respirant profondément. J'essaie désespérément d'ignorer cette voix intérieure qui me crie de tout arrêter immédiatement que tout ceci est complètement fou. Je me murmure doucement, comme pour me convaincre.

« *C'est nécessaire… je dois protéger Marc. Rose est dangereuse… Marc a besoin de moi.* »

Cette pensée suffit à me redonner une détermination froide, presque détachée. J'ouvre lentement les yeux et regarde l'horloge du salon. Rose ne devrait pas tarder. Il me reste peu de temps pour finaliser les derniers détails.

Je me lève précipitamment et attrape dans la cuisine un vase épais en cristal. Je le contemple un instant, sentant mes doigts trembler légèrement autour de sa surface froide. C'est lui qui me servira à cogner Rose lorsqu'elle arrivera.

L'idée même me donne un vertige douloureux.
« *Tu n'as plus le choix, Chloé…* »
Mon cœur martèle mes côtes avec frénésie, ma respiration s'accélère malgré moi. Chaque minute écoulée me rapproche inexorablement du point de non-retour.

J'éteins la lumière principale du salon, laissant seulement une petite lampe éclairer faiblement la pièce, pour renforcer l'atmosphère dramatique de cette mise en scène sordide. Puis, je me place stratégiquement dans un coin de ma chambre, attendant patiemment que Rose arrive pour accomplir le pire geste de toute mon existence.
Je ferme à nouveau les yeux un bref instant, laissant quelques larmes s'échapper malgré moi. Je murmure une dernière fois.

« *Pardon, Rose… Mais je dois le faire… Je le fais pour lui.* »

Puis, le souffle coupé, les yeux rivés sur la porte, je reste figée dans l'ombre. Je guette, immobile, dans un silence suspendu l'arrivée de celle qui représente désormais la plus grande menace pour l'homme que j'aime.

ROSE
Le taxi me dépose rapidement devant l'immeuble où habite Chloé. La rue, sombre et quasi déserte, renforce l'angoisse qui me noue l'estomac alors que je m'avance vers l'entrée de l'immeuble. La voix affolée de Chloé résonne encore clairement dans ma tête, à chacun de mes pas.

Devant l'interphone, je tape nerveusement le code que Chloé m'a donné il y a quelques semaines, lorsque nous avions partagé une soirée ensemble avec Élodie. La porte s'ouvre en émettant un léger déclic, et je m'engouffre rapidement à l'intérieur du bâtiment. Je monte les marches

presque en courant. Arrivée devant sa porte, je m'arrête un bref instant, essayant désespérément de calmer ma respiration saccadée. Je remarque immédiatement que sa porte est légèrement entrouverte, ce qui me surprend et me glace le sang. Je pousse doucement la porte du bout des doigts, ressentant un frisson désagréable me parcourant tout le corps. À peine la porte ouverte, je murmure, inquiète.
— Chloé… ?

Seul un silence lourd me répond, renforçant encore davantage mon malaise. Je pénètre lentement à l'intérieur de l'appartement plongé dans une pénombre inquiétante, où seule une lampe posée au sol projette une lueur pâle et sinistre. Mes yeux parcourent immédiatement la pièce. Mon souffle se coupe brusquement devant le chaos apparent, la petite table du salon renversée, des morceaux de verre éparpillés au sol, une lampe cassée, des coussins éparpillés comme si une lutte violente venait de se produire ici.
— Chloé ! dis-je plus fort cette fois. Tu es là ? C'est Rose !

J'avance lentement, en évitant prudemment les débris sur le sol. Un faible bruit apparaît provenant d'une autre pièce. Des sanglots étouffés, difficiles à distinguer, mais indéniables.
— Chloé, c'est moi… Je suis là pour t'aider, réponds-moi, s'il te plaît…

Toujours aucune réponse. Seulement ces pleurs faibles, presque impossibles à entendre. Je me dirige immédiatement vers le son, arrivant devant une porte à demi ouverte donnant probablement sur la chambre. Mon instinct me pousse à entrer rapidement, mais quelque chose en moi résiste. Un pressentiment obscur, instinctif. Je marque un temps d'arrêt pour essayer de calmer la panique qui monte inexorablement en moi. Finalement, je pose délicatement une main sur la porte, et pousse lentement le battant.

— Chloé… ?

Elle est là, debout dans un coin sombre, dos tourné vers moi, tremblante, recroquevillée sur elle-même. Elle ne bouge pas, mais je peux voir clairement ses épaules secouées par des sanglots étouffés.

— Mon Dieu, Chloé… dis-je en m'approchant lentement. Tout va bien maintenant, je suis là… Je vais t'aider.

Je m'avance doucement vers elle, tendant une main rassurante pour toucher son épaule. À peine ai-je le temps d'esquisser ce geste que je perçois soudain un mouvement rapide, vif, inattendu. Je sens à peine l'air se déplacer derrière moi avant que la douleur fulgurante ne frappe l'arrière de mon crâne. La violence du choc m'arrache un cri étouffé, et tout devient immédiatement flou. Mes jambes cèdent sous moi, et je sens mon corps s'effondrer lourdement sur le sol froid de l'appartement.

Dans les quelques secondes qui précèdent mon inconscience, j'entends vaguement la respiration affolée de Chloé juste au-dessus de moi, suivie par un murmure chargé d'émotions contradictoires.

— Je suis désolée, Rose… je suis tellement désolée…

Puis, l'obscurité totale.

CHLOÉ
Je suis figée, immobile au-dessus du corps de Rose étendu au sol, tenant encore entre mes doigts crispés ce lourd vase en cristal. Mon cœur frappe violemment contre ma poitrine, comme s'il allait exploser à tout moment. Mes jambes tremblent si fort que je dois m'appuyer contre le mur pour ne pas tomber à mon tour.

Le vase glisse instantanément entre mes doigts et tombe lourdement à côté du corps inanimé de Rose, roulant lentement avant de s'arrêter. Je réalise à peine ce que je viens de faire. Je fixe le visage pâle et immobile de Rose, et une terreur profonde s'empare de moi.

Qu'ai-je fait ? Comment en suis-je arrivée là ? Mon souffle devient incontrôlable, presque paniqué. Je me sens prise au piège de mes propres décisions.

J'observe son corps immobile sur le sol. Elle respire encore faiblement, ce qui me rassure légèrement, même si cette pensée me terrifie. Je ne suis pas une criminelle, pas une meurtrière... Pourtant, tout semble me conduire dans cette voie sombre. Une voix au fond de moi hurle silencieusement que tout ceci est allé trop loin, mais je ne peux plus revenir en arrière. Je dois aller jusqu'au bout.

Je me laisse glisser lentement contre le mur, fixant toujours Rose. Je réalise peu à peu ce que cela implique, j'ai franchi une limite. Je ne pourrai jamais revenir en arrière. Mais, dans mon esprit troublé, l'image de Marc réapparaît à nouveau, réconfortante, rassurante. Je dois protéger Marc coûte que coûte, même si cela signifie tout perdre.

Après quelques secondes, je me relève difficilement,

rassemblant mes forces. J'entreprends d'attacher délicatement Rose à une chaise solide, en utilisant une corde trouvée quelques heures auparavant. Tandis que je noue solidement la corde autour d'elle, je murmure.
— Je suis désolée… mais tu comprendras bientôt. Je fais tout ça pour lui… Pour Marc.
Quand je finis enfin de la ligoter, je recule d'un pas pour contempler mon œuvre macabre. Je sens une larme brûlante couler sur ma joue, que j'essuie brutalement du revers de la main.
Je ne peux plus reculer. Il ne reste plus maintenant qu'à attendre le réveil de Rose.

ROSE
Une douleur me ramène lentement à la réalité. J'ouvre difficilement les yeux, tout autour de moi reste flou, indistinct. Mon crâne semble prêt à exploser, traversé par une douleur vive qui m'arrache un gémissement malgré moi. Peu à peu, ma vue s'ajuste, laissant apparaître un plafond blanc éclairé faiblement.

Je reprends lentement conscience de mon corps, découvrant avec horreur qu'on a solidement attaché mes poignets et mes chevilles à une chaise. Mon souffle s'accélère brutalement, la panique montant aussitôt en moi. Je tente vainement de me débattre, mais les liens me serrent douloureusement la peau, renforçant encore ma peur.
— Chloé… ? Que se passe-t-il… ?

La silhouette de Chloé émerge lentement de l'ombre, à quelques mètres de moi. Elle me fixe intensément, debout, immobile, tenant une arme à feu. Je sens immédiatement mon cœur bondir de terreur dans ma poitrine.
— Chloé, dis-je doucement, je me force à rester calme

malgré la situation. Qu'est-ce que tu fais... pourquoi fais-tu ça ?

Elle s'avance d'un pas lent, et à mesure que son visage entre dans la lumière, je distingue ses traits figés, déformés par une émotion mélangée entre colère, tristesse et douleur. Pourtant, ses yeux brillent de détermination.
— Tu n'aurais jamais dû t'en prendre à lui, Rose... murmure-t-elle d'une voix presque étrangement douce. Jamais.

Je secoue lentement la tête, perdue, ne comprenant rien à ses accusations.
— Chloé... Je ne comprends pas, je ne me suis attaquée à personne. Je voulais juste t'aider... Marc t'a fait du mal, tu m'as appelé...

Elle coupe aussitôt mes paroles d'un rire amer.
— Marc ne m'a jamais fait de mal ! Marc m'aime, tu comprends ça ? Il m'aime vraiment, profondément, même s'il ne peut pas encore l'avouer au grand jour. Personne ne peut comprendre ce qu'on vit ensemble, personne !

Son visage s'anime d'une passion intense à la mention de Marc. Je comprends aussitôt qu'il l'a totalement aveuglée. Je tente de la raisonner.
— Écoute-moi, Chloé... Marc te manipule. Il manipule tout le monde. Il m'a fait des avances, il a agressé Maria, il essaie de faire accuser Henry... Je sais tout.

Elle serre soudain les dents, furieuse, et fait un pas brutal vers moi, pointant nerveusement l'arme dans ma direction. Je me raidis immédiatement, terrifiée.
— Tais-toi ! Marc est quelqu'un de merveilleux, c'est

l'homme que j'aime... et il m'aime aussi, même si on doit se cacher pour l'instant. Et toi, tu arrives ici, tu veux tout gâcher !
Je sens mes larmes monter, à la fois pour elle et pour moi. Chloé n'est pas juste dangereuse, Marc l'a brisée, il l'a détruite psychologiquement. La compassion que je sens se mêle à la terreur de cette situation.

— Chloé... il ne t'aime pas. Je suis désolée, mais Marc profite de toi, comme il l'a fait avec Maria, comme il a essayé avec moi... Tu dois me croire, je veux t'aider !

Elle ferme brutalement les yeux, agitant violemment la tête comme pour chasser mes mots. Lorsqu'elle les rouvre, une profonde tristesse envahit son visage.

— Non... Tu ne peux pas comprendre. Marc est le seul qui ne m'ait jamais aimé. Quand on est seuls, il est tendre, doux. Il dit qu'il m'aime... Il dit qu'un jour, on sera enfin ensemble.

Je comprends alors toute l'étendue de la manipulation que Marc exerce sur elle. Je dois essayer de gagner du temps.

— Chloé, détache-moi... s'il te plaît. On parlera calmement. Je te promets que je ne dirai rien, on trouvera une solution...

Elle recule aussitôt, nerveuse, affolée.

— Je ne peux pas... Je dois protéger Marc, tu comprends ? Je dois lui prouver que je suis prête à tout pour lui. Si tu dévoiles ce que Maria t'a dit, tout sera terminé pour lui. Je ne le permettrai pas...

Elle s'éloigne vers le coin de la pièce, saisit brusquement son téléphone et compose un numéro. Je comprends aussitôt qu'elle appelle Marc.

— Chloé, non ! Ne fais pas ça ! je m'écrie, affolée.

Mais elle ne m'écoute pas et j'entends la voix distante de Marc résonner vaguement à travers le téléphone.
— Oui, Chloé ?
Chloé respire fébrilement avant de répondre d'une voix presque suppliante.
— Marc... Il faut que tu viennes immédiatement. J'ai Rose, elle sait tout, elle dit que Maria a parlé... je l'ai attachée chez moi. Viens vite, s'il te plaît... Je ne sais plus quoi faire...

Un silence bref s'installe de l'autre côté du téléphone. Marc répond finalement, sa voix glaciale me faisant frissonner instantanément.
— Qu'est-ce que tu racontes, Chloé ? Tu as attaché Rose chez toi ? Tu as complètement perdu la tête ?

La voix de Chloé se brise presque sous l'effet de l'émotion, mêlée d'angoisse et de culpabilité.
— Je suis désolée, je voulais te protéger ! Elle sait tout, Marc, elle voulait te détruire, révéler ce que tu as fait à Maria... Je devais l'arrêter...

La colère froide de Marc perce clairement à travers le téléphone.
— Reste exactement où tu es, Chloé. Ne touche plus à rien, je viens tout de suite.

Il raccroche brusquement. Chloé reste figée quelques instants, les yeux remplis d'une terreur indescriptible, puis elle pose lentement son téléphone sur la petite table basse. Elle évite soigneusement mon regard tandis que je me débats désespérément contre les cordes, malgré la douleur qui s'intensifie à chaque tentative.
— Chloé, écoute-moi ! Marc ne t'aime pas, il t'utilise

depuis le début ! Tu dois me libérer avant qu'il n'arrive...
S'il te plaît...
Elle secoue violemment la tête, se couvrant les oreilles comme pour fuir la vérité.
— Tais-toi, Rose ! Tu ne sais rien de nous ! Marc m'aime, il est le seul à m'avoir jamais aimée. Tu ne comprends rien...
Je me tais. Le temps passe trop vite, et chaque seconde écoulée rapproche l'arrivée de Marc. Je ferme les yeux quelques instants, tentant de trouver une dernière force intérieure pour tenir bon.

Un bruit de voiture qui freine brutalement devant l'immeuble attire soudain notre attention. Chloé sursaute et se précipite vers la fenêtre, le visage figé par l'angoisse.
— C'est lui, il arrive, murmure-t-elle doucement. Marc réglera tout ça...

Quelques instants plus tard, des pas lourds résonnent dans le couloir, rapides et déterminés. Mon souffle se bloque, mon corps entier tremble malgré moi. La porte d'entrée s'ouvre soudainement à la volée, révélant la silhouette menaçante de Marc dans l'encadrement.

Il s'avance immédiatement dans le salon, ses yeux glacés fixés sur moi, attachée, impuissante. La colère froide qui émane de lui me pétrifie littéralement sur place. Puis, il se tourne lentement vers Chloé, son regard assassin la clouant sur place.
— Est-ce que tu comprends seulement ce que tu as fait ? Tu as mis tout le monde en danger avec ta stupide initiative.

Chloé recule en balbutiant désespérément.
— Je voulais juste te protéger, Marc... Elle savait

tout... elle voulait nous séparer...
— Silence ! ordonne-t-il froidement. Maintenant, c'est moi qui vais gérer les choses.

Marc s'approche de moi, m'observant froidement. Je sens mon cœur s'affoler de terreur tandis qu'il se penche, son visage à quelques centimètres du mien.
— Alors, comme ça, tu sais tout, Rose ? Maria t'a donc parlé...

Je déglutis difficilement, soutenant son regard malgré la peur paralysante qui me submerge. Je murmure d'une voix tremblante, mais déterminée.
— Oui, je sais tout. Je sais que c'est toi qui as agressé Maria. Que tu as essayé de manipuler tout le monde pour faire accuser Henry... Je connais toute la vérité.

Marc se redresse, souriant froidement. Il tourne de nouveau la tête vers Chloé, son expression passant soudainement à une douceur factice, manipulatrice.
— Tu as très bien fait de m'appeler, Chloé. Maintenant, laisse-moi régler tout ça.
Il s'éloigne d'elle, passant délicatement une main sur sa joue, la regardant tendrement, une affection totalement simulée.
— Fais-moi confiance. Je vais tout arranger, je m'occupe d'elle maintenant. Tu dois me laisser gérer ça, tu comprends ?

Chloé acquiesce nerveusement, visiblement prête à tout accepter venant de lui. Puis Marc se retourne lentement vers moi, son regard reprenant aussitôt cette froideur terrible. Il s'approche à nouveau, son visage presque contre le mien, et murmure d'une voix glaciale.

— Tu n'aurais jamais dû repousser mes avances, Rose. Et encore moins aller voir Maria. Maintenant, tu ne me laisses plus vraiment le choix…

Tandis qu'il prononce ces mots terrifiants, mon cœur bat si fort que je peine à respirer. Seule face à cet homme dangereux, manipulant froidement Chloé, je réalise soudain toute l'ampleur du danger dans lequel je me suis moi-même plongée.

Je n'espère plus qu'une chose, que quelqu'un, quelque part, comprenne à temps que je suis en danger car je sens clairement que Marc est capable de tout.

Chapitre 14

Je fixe anxieusement l'écran de mon téléphone. Toujours rien. Aucun signe de Rose depuis plusieurs heures, aucun message, aucun appel, pas même une réponse rapide pour me rassurer. À mes côtés, Thomas reste silencieux, et je sens que son inquiétude est aussi vive que la mienne.

— Ce silence n'est pas normal, Thomas, dis-je finalement, incapable de cacher plus longtemps mon angoisse. Rose aurait déjà répondu depuis longtemps si tout allait bien.

Thomas acquiesce lentement, l'air inquiet.

— Tu es sûre que Rose allait voir Chloé ce soir ?

— Oui. Elle m'a dit que Chloé l'avait appelée en disant que Marc l'avait agressée. Elle était très inquiète. Depuis, silence total. Plus rien.

Thomas se redresse.
— On ne peut pas rester ici sans rien faire. On devrait appeler Julien. Il saura sûrement où habite Chloé.
Je soupire nerveusement à cette idée. Après tout ce qui s'est passé récemment, appeler Julien n'est pas évident. Mais Thomas a raison, la situation est trop grave pour hésiter davantage. Je suis déjà allée chez Chloé, mais je suis incapable d'y retourner.
Sans attendre plus longtemps, je compose rapidement le numéro de Julien. Après quelques secondes interminables, sa voix grave résonne enfin au bout du fil.
— *Élodie ? Écoute, je suis désolé pour la dernière fois, je n'aurais pas dû réagir comme ça.*
— *Non, Julien. Je ne t'appelle pas pour ça. Rose ne répond plus depuis des heures, je commence vraiment à paniquer. Elle devait me rappeler après être allée voir Chloé, mais je n'ai plus aucune nouvelle.*

Un silence très court s'installe immédiatement. Julien reprend vite la parole, la voix plus tendue.
— *Pourquoi est-elle allée voir Chloé ?*
— *Rose a reçu un appel de Chloé, apparemment paniquée, disant que ton père venait de l'agresser. Rose n'a pas hésité une seconde, elle a filé là-bas pour l'aider. Mais depuis, elle ne répond plus du tout.*
Julien respire plus vite, je perçois clairement son trouble et sa confusion.
— *Quoi ?! Mais comment ça ? Je ne comprends pas, je l'ai vue tout à l'heure. Et Rose est partie là-bas ? Pourquoi ne m'as-tu pas prévenu tout de suite, Élodie ?*
— *Je croyais qu'elle allait simplement l'aider et revenir vite. Mais là, ça fait vraiment trop longtemps. J'ai un mauvais pressentiment, Julien. Je n'ai pas le numéro de Chloé, je ne peux même pas la contacter.*

— *Je connais l'adresse de Chloé. Je t'envoie l'adresse par SMS et on se retrouve en bas de chez elle. Je pars immédiatement.*

Sa réaction rapide et déterminée me rassure un peu. Je sens clairement que Julien prend très au sérieux cette situation.

— *Très bien, Julien. Merci. Thomas est avec moi, il vient aussi.*

— *Alors, dépêchez-vous, à tout de suite* répond-il sans hésiter.

Je raccroche immédiatement, lançant un regard angoissé à Thomas.

— On doit partir maintenant. Julien m'envoie l'adresse de Chloé. Il nous attend directement là-bas.

Thomas acquiesce immédiatement, attrapant nos manteaux en un éclair. Nous sortons précipitamment de l'appartement et dévalons les escaliers à toute vitesse.

Dans la voiture, un silence lourd s'installe, seulement troublé par le rythme tendu de ma respiration. L'anxiété grandit en moi à chaque seconde qui passe sans nouvelles de Rose. Une vague d'angoisse me submerge, et je lutte intérieurement pour maîtriser mes pensées, espérant de toutes mes forces que tout ira bien.

Le trajet jusqu'à l'appartement de Chloé m'a semblé interminable. Nous arrivons finalement devant un petit immeuble situé dans une rue silencieuse. Julien sort rapidement de sa voiture garée devant nous. Une inquiétude évidente marque son visage. Thomas se tient près de moi, silencieux, mais protecteur, ses yeux fixant intensément les fenêtres de l'immeuble comme pour tenter d'y déceler un signe rassurant de la présence de Rose. Julien se rapproche de nous, parlant à voix basse, mais de façon ferme.

— Chloé habite au deuxième étage. On y va tout de suite.

— Attendez, dis-je soudainement, hésitante. Vous pensez qu'on devrait appeler la police avant de monter ?

Julien hésite une seconde, échangeant un rapide regard avec Thomas avant de me répondre calmement.

— Pas tout de suite. On doit d'abord être sûrs qu'elle est bien là. Si c'est une fausse alerte, ça pourrait compliquer les choses. On doit d'abord vérifier nous-mêmes.

Je prends une grande inspiration, essayant de maîtriser mes nerfs. Nous entrons finalement dans l'immeuble, Julien ouvrant la porte grâce au code qu'il connaît visiblement par cœur. À l'intérieur, tout semble calme, trop calme, et cela me glace le sang. Nous montons lentement les escaliers.

Arrivés devant la porte de l'appartement de Chloé, Julien se tourne brièvement vers moi et Thomas, le regard sérieux.

— Laissez-moi parler en premier. Thomas, reste près d'Élodie.

Thomas acquiesce sans hésiter, se positionnant légèrement

devant moi comme pour me protéger. Julien frappe finalement à la porte, plusieurs fois, avec une détermination froide.

Quelques secondes passent avant que la porte s'ouvre lentement, dévoilant Chloé, pâle et visiblement perturbée, le regard troublé et évitant celui de Julien.
— Julien ? Qu'est-ce que tu fais ici ? demande-t-elle d'une voix étrangement tendue, qui ne m'inspire aucune confiance.
— Où est Rose, Chloé ? Réponds immédiatement Julien d'un ton sec et impatient.

Chloé semble paniquée, hésitant à répondre, cherchant désespérément une réponse crédible.
— Rose ? Mais... je ne comprends pas de quoi tu parles...
Julien ne la laisse pas terminer. Il la pousse doucement, mais fermement pour entrer dans l'appartement, Thomas et moi le suivant rapidement. Mon cœur se fige littéralement dans ma poitrine en découvrant la scène devant nous.

ROSE
Assise sur cette chaise, attachée et impuissante, je tourne immédiatement la tête vers la porte lorsqu'elle s'ouvre brusquement. Mon cœur bondit littéralement dans ma poitrine en voyant Julien, suivi d'Élodie et de Thomas. Leur apparition soudaine me procure à la fois un immense soulagement et une terrible peur pour leur sécurité.
Julien s'immobilise immédiatement en croisant mon regard. Son visage se décompose d'horreur en me voyant attachée et visiblement terrifiée.
— Mon dieu, Rose ! crie-t-il, avant de poser les yeux sur Marc, debout près de moi.

Je vois aussitôt la colère pure envahir le visage de Julien à la vue de son père. Élodie reste immobile près de la porte, choquée, tandis que Thomas, protecteur, avance légèrement comme pour se préparer à intervenir à tout moment. Marc ne perd pas une seconde. Il saisit rapidement l'arme de Chloé posée non loin de lui, la pointant immédiatement sur moi.

— Personne ne bouge ! Un seul geste, et je tire.

Sa voix résonne durement dans la pièce, glaçant tout le monde sur place. Julien s'immobilise immédiatement, levant lentement les mains dans un geste instinctif pour tenter d'apaiser la situation.

— Papa, pose cette arme immédiatement, dit-il lentement. Tu n'es pas obligé de faire ça. Laisse Rose tranquille, c'est terminé.

Marc recule légèrement, l'arme toujours fermement dirigée vers moi, son visage figé par une colère froide.

— C'est vous qui avez provoqué tout ça.

Chloé se met à sangloter doucement dans un coin de la pièce, incapable de réagir à cette confrontation dramatique. Marc lui jette un regard glacial, rempli de mépris.

— Et toi, incapable. Je t'avais pourtant fait confiance. Tu n'étais même pas capable de gérer une simple conversation !

Chloé baisse la tête, totalement détruite par ses mots violents. Je ressens malgré tout de la compassion pour elle, même si elle m'a mise dans cette situation.

Julien tente à nouveau de calmer la tension insoutenable.

— Écoute-moi. Libère Rose, et on parlera tranquillement. On va trouver une solution à tout ça. Mais ne fais pas une erreur que tu regretteras toute ta vie.

Marc hésite, visiblement tiraillé entre sa colère et son instinct de survie. Je sens mon cœur battre violemment contre ma poitrine, consciente que chaque seconde écoulée peut changer définitivement l'issue de ce drame.

Il tient toujours cette arme à quelques centimètres de moi. Son bras ne tremble pas, ses yeux non plus. Mais moi, à l'intérieur, je tremble comme jamais. Pas à cause du canon noir pointé sur ma tempe… pas seulement. Je tremble parce que je vois dans les yeux de Marc quelque chose d'encore plus dangereux qu'une arme, la perte de contrôle.

Julien est là, à quelques mètres, tendu comme une corde prête à céder. Élodie, derrière lui, me lance un regard suppliant, les yeux pleins de larmes. Thomas reste près de la porte, prêt à intervenir. Et Chloé… Chloé est recroquevillée dans un coin du salon, les mains contre ses oreilles, comme une petite fille refusant d'entendre ce qu'elle a provoqué.

— Laisse-la, implore Julien d'une voix brisée. Tu n'as pas besoin de faire ça.

Mais Marc ne regarde que moi. Son regard me transperce, mélange d'incompréhension, de fureur et d'orgueil. Il veut garder le contrôle. Il veut qu'on ait peur de lui. Il veut qu'on se taise. Alors je fais le contraire. Je parle.

— Je suis la fille d'Émilie.

Ma voix est rauque, faible, mais les mots claquent dans l'air comme un fouet. Marc ne bouge pas tout de suite. Il fronce les sourcils. Juste une réaction instinctive, presque imperceptible.

Je continue.

— Elle est morte il y a des années. Mais j'ai retrouvé

une lettre de mon grand-père, après son décès. Une lettre qui disait que... que mon père est vivant. Qu'il travaille ici. Et qu'il s'appelait Henry.

Je le vois alors. Ce battement de cil. Cette tension dans sa mâchoire. Je sais que je viens d'atteindre quelque chose. Une faille. Un souvenir. Une peur ?

— Tu mens, grogne-t-il finalement, mais sa voix est moins assurée. Émilie n'a jamais eu d'enfant.

— Elle l'a eue. Moi. Et elle n'a jamais voulu que je sache qui était mon père. Je suis venue ici pour savoir. Pour comprendre. Je pensais que c'était Henry, mais tout m'a ramené à toi.

— Elle et moi... commence-t-il. C'était compliqué.

Il recule d'un pas, son regard glisse un instant vers Julien, puis vers Chloé. La main qui tient l'arme ne tremble toujours pas, mais son souffle, lui, s'accélère.

— C'est impossible, murmure-t-il plus pour lui-même que pour moi.

— Si c'est impossible, alors dis-le. Dis-moi la vérité.

Il ne recule pas. Mais quelque chose, dans son regard, vient de céder.

— Tu veux la vérité ? crache-t-il, les yeux brillants de rage. Tu veux savoir ce qu'il s'est vraiment passé avec Émilie ?

Je garde le silence. Je n'ai pas besoin de parler. Il est lancé. Il ne s'arrêtera plus.

— Elle était magnifique. Elle avait ce regard... Ce truc dans la voix qui faisait croire que tout était possible. Tout le monde l'aimait. Et moi, je l'aimais comme un fou.

Il serre la mâchoire. Ses doigts maintenant la crosse de l'arme. Il ne vise plus. Il la tient, simplement. Comme s'il

ne savait plus à quoi elle sert.
— J'ai essayé, poursuit-il. Je lui ai fait des cadeaux. J'étais attentionné. Je lui disais qu'on serait bien, tous les deux. Mais elle... elle riait. Elle riait avec Henry. Elle me regardait comme un collègue. Un fantôme.
Il avance d'un pas. Julien s'interpose immédiatement.
— Reste là !
Marc ne proteste pas. Il sourit. Un sourire amer.
— C'est Henry qu'elle aimait. Tout le monde le savait. Moi... j'étais invisible. Comme toujours. Mais j'en avais marre d'être le gentil, le patient, le pauvre Marc qui attend dans l'ombre. Alors, un soir, lors d'une soirée, j'ai agi.

Il marque une pause. Son regard devient vide.
— Je l'ai prise.

Mon estomac se retourne. Mes jambes cessent d'exister. J'oublie même les cordes qui m'attachent. Il a dit ça d'un ton... normal. Rien d'humain. Rien d'excusé.

Julien, lui, devient livide.
— Qu'est-ce que tu as dit ?
— J'ai dit que je l'ai violée, crache Marc. Voilà. Tu voulais savoir Julien ? Je suis un monstre. Tu l'as toujours su au fond, non ?

Je n'arrive plus à respirer. Je sens la haine monter en moi.
— Tu as violé ma mère, oui, tu es un monstre, je te déteste, je prie pour que tu ne sois pas mon père, dis-je de rage malgré la peur de l'arme.

Julien reste figé. Puis sa voix, d'un calme glacial, tranche l'air.
— Tu ne peux pas être son père.

Marc fronce les sourcils.
— Quoi ?
— Tu ne peux pas être le père de Rose. Parce que tu es stérile. Tu l'as toujours su. Tu ne me l'as jamais dit, mais je l'ai appris. Tu m'as adopté, tu m'as élevé, tu m'as aimé comme un père... mais tu n'en es pas un biologiquement, tu n'as jamais pu l'être.
J'entends encore les mots de Marc résonner dans ma tête comme un poison, mais, soudain, à travers l'horreur... une autre pensée émerge. Une pensée à laquelle je m'accroche. Julien n'est pas le fils biologique de Marc. Il ne peut pas être mon frère.
Un soulagement immense s'empare de moi. C'est comme si, au milieu de cet effondrement, un rayon de lumière venait fissurer l'obscurité. Je ne suis pas la fille d'un monstre. Et Julien... Julien n'est pas lié à moi par le sang. Mon cœur bat vite, trop vite. Pas à cause de la peur, cette fois. Mais parce que je sens une vérité intime reprendre vie en moi.
Je peux aimer Julien. Je peux être avec lui. Je peux vivre cette histoire.
Le silence qui suit les mots de Julien est terrible. Le doute a fait place à la certitude. Plus d'illusion. Plus de masque.
Marc ne dit rien. Il baisse enfin complètement l'arme. Ses épaules s'affaissent comme s'il portait soudain tout le poids de sa propre vie.
Julien s'avance vers lui, chaque pas chargé de rage contenue.
— Tu savais. Tu savais que tu étais stérile. Et tu nous as laissés croire... Tu m'as laissé croire que j'étais ton fils. Toute ma vie.

Marc le regarde. Mais ses yeux ne montrent aucune défense. Rien à dire. Rien à sauver.

— Tu as volé la vie de la mère de Rose... Tu as fait croire à tout le monde que tu étais ce père exemplaire. Et derrière... tu vivais avec ça ?

Julien serre les poings. Son corps entier tremble. Je lis sur son visage qu'il se bat contre l'envie de le frapper. Pas pour l'arme. Mais parce qu'il n'arrive pas à digérer cette vérité, pas tout de suite. Personne ne le pourrait.
Marc tente une parole, un souffle.
— Je t'ai aimé...
— NON, hurle Julien, la voix brisée. Tu as aimé l'idée de jouer au père. Tu as aimé qu'on t'admire, qu'on te respecte, qu'on t'obéisse. Mais tu n'as jamais aimé vraiment. Tu ne sais même pas ce que c'est.

Il tourne le dos. Son regard passe brièvement sur moi. Juste un instant. Et dans ce regard-là, je vois tout, la douleur, la honte, l'envie de me protéger malgré tout. Il vient vers moi et commence à défaire les cordes sans un mot. Ses mains tremblent légèrement, mais il est là, solide.

Puis, soudain, une voix s'élève. Une voix faible. Chloé.
— C'est... c'est pas vrai, murmure-t-elle, les yeux perdus. Ce n'est pas possible...

Elle s'avance lentement vers Marc, son visage vidé de toute expression. On dirait une femme qu'on vient d'arracher à son mensonge.
— Tu n'as pas fait ça... Tu me l'aurais dit. Tu m'aimes...
Marc ne la regarde même pas. Chloé titube.
— Tu m'as dit que j'étais différente. Que je comptais ! Que c'était vrai... ce qu'on vivait !
Marc ferme les yeux. Il reste muet. Et c'est ce silence-là qui

l'achève.
Chloé recule. Un pas. Deux. Puis elle s'effondre à genoux, les bras autour d'elle-même.
— Je t'ai défendu... murmure-t-elle. J'ai fait ça pour toi... Pour toi...

Ses larmes coulent sans bruit. Et moi, je ne peux m'empêcher de la regarder autrement. Ce n'est pas seulement une complice, c'est aussi une victime, d'un autre genre. Une victime de manipulation et d'aveuglement.

Julien finit de dénouer mes poignets. Ses doigts glissent autour des nœuds, avec cette tendresse silencieuse que je reconnais si bien chez lui. Pas besoin de mots. Ses gestes parlent pour lui. Quand Julien détache mes poignets, il ne me lâche pas. Il reste là, juste là, si près de moi. Et puis, il effleure ma joue, doucement, comme pour vérifier que je suis bien réelle. Que je suis vivante.
Je ferme les yeux une seconde. Dans cette caresse, tout est là, la peur, l'amour, la promesse qu'il ne me laissera plus jamais seule.

Et c'est là que tout bascule.

Derrière lui, Marc ne dit rien. Il observe. Et je sens l'air changer. Se tendre. Je rouvre les yeux, trop tard.
— Tu crois que tu peux tout m'enlever ?! hurle soudain Marc, la voix déformée par une rage incontrôlable.

Julien se retourne, juste à temps pour voir le canon de l'arme levé vers nous, il me pousse.
— MARC, NON !

Le coup de feu explose.

Julien s'écroule devant moi, comme fauché net. Le hurlement qui sort de ma gorge n'a rien d'humain. Mes mains glissent sous son corps, cherchant une réponse, un souffle, un signe qu'il est encore là. Mes doigts se posent sur sa chemise, chaude, trempée de sang au niveau du bras gauche. Il respire. Il respire.
— Julien... Julien, regarde-moi, je t'en supplie...
Ses yeux papillonnent, sa mâchoire se crispe sous la douleur. Il serre les dents, mais il est conscient. Il est là. Il est vivant.
— C'est... ce n'est rien, souffle-t-il entre deux gémissements. Juste le bras...

Un sanglot m'échappe. Je n'arrive plus à respirer correctement. Mes mains tremblent. Je veux faire quelque chose, n'importe quoi, mais je suis figée.
Et puis j'entends la voix de Marc. Une autre voix. Plus celle du monstre.
— Julien... Mon dieu qu'ai-je fait.

Je me tourne. Thomas est sur lui, le genou enfoncé dans son dos, maintenant l'arme hors de portée. Marc est en état de choc.
— Je... je ne voulais pas... Est-ce qu'il est... est-ce qu'il est mort ?

Il regarde vers nous. Ses yeux sont larges, pleins d'une panique sincère. Et je comprends. Dans tout ce chaos, cette violence, cette folie... il l'aime, à sa manière, de travers, mais il l'aime.

Thomas resserre sa prise, sans douceur.
— Tu aurais dû y penser avant de tirer sur ton propre fils.

211

— Il… il est vivant ? insiste Marc, comme un homme qui cherche désespérément une rédemption impossible.
Je ne réponds pas. Je ne peux pas lui offrir ce soulagement. Je serre Julien contre moi, ses cheveux dans mes mains, mon front contre le sien. Et je murmure.
— Tu vas t'en sortir, tu m'entends ? Tu ne vas pas me laisser maintenant. Pas après tout ça.

Il hoche la tête, les yeux mi-clos, sa main faible cherchant la mienne. Et au loin, je commence à entendre les sirènes après l'appel d'Élodie.

Chapitre 15

La lumière du matin filtre à travers les stores de la chambre. Quelque chose de rassurant se dégage de ce calme blanc. L'odeur du désinfectant, le bruit lointain des chariots, les murmures dans les couloirs... Tout est normal ici.

Cela fait deux jours. Deux jours que je reste là, à ses côtés, Julien dort encore, légèrement penché sur le côté, son bras gauche immobilisé dans une écharpe. Le tir n'a pas touché d'artère ni d'os. Juste assez léger pour que les médecins parlent de « chance ».

Je suis assise à côté de lui, la main dans la sienne, comme une promesse que je ne lâcherai plus jamais.
Il finit par ouvrir les yeux. Il tourne la tête vers moi, un sourire endormi au coin des lèvres.
— Je suis toujours là, hein ?
— Mieux vaut pour toi, dis-je, les yeux brillants. Sinon,

je te tuais moi-même.

Il rit, puis grimace. Son bras le lance encore. Je m'approche doucement et je dépose un baiser sur son front. Il ferme les yeux une seconde, profitant du calme. Puis, il murmure, doucement, sans me regarder tout de suite.
— Je t'ai entendue, tu sais… quand j'étais au sol.
— Ah bon ? Qu'est-ce que j'ai dit ?
— Que je n'avais pas le droit de partir… et que tu me retiendrais.
Un sourire triste m'échappe.
— J'étais sérieuse.
— Je sais.

Il lève sa main valide et la pose doucement sur ma joue.
— Et je suis resté.

On reste comme ça, à se regarder, dans le silence doux de la chambre. C'est presque trop parfait pour durer. Et bien sûr, quelqu'un frappe à la porte.
Un agent en uniforme entre. Derrière lui, un visage que je reconnais tout de suite, l'inspectrice Belon. Celle qui m'avait interrogée, il y a, il me semble, une éternité. Sa silhouette droite, son regard ferme, mais plus humain que la dernière fois.

Je me redresse instinctivement. Julien tente de s'asseoir davantage.
— Bonjour, mademoiselle Delacourt, monsieur Pélinot, dit Belon en s'avançant.
— Vous avez des nouvelles ? Je demande aussitôt.

Il hoche la tête.
— Oui. Je viens vous en donner personnellement. On a

officiellement inculpé Marc Pélinot hier soir. Séquestration, tentative d'homicide, agression sexuelle aggravée sur Maria Lampos. Elle a témoigné. Je ferme les yeux une seconde. Le poids de ces mots... le soulagement.
— Et Henry ?
Belon me regarde avec une lueur plus douce dans le regard.
— On a libéré Henry Beaumont ce matin, à la première heure. Blanchi de toutes les accusations. Il est libre, mademoiselle. Grâce à vous.

Je n'arrive pas à parler tout de suite. Mes lèvres tremblent un instant. Libre. Henry est libre.
— Est-ce que... est-ce que je peux aller le voir ? Je finis par demander.
— Bien sûr. Il est chez lui.

Belon jette un regard rapide à Julien, puis à moi, et comprend qu'il n'en dira pas plus. Il incline simplement la tête.
— Merci, inspecteur, murmure Julien.

Belon s'éloigne et la porte se referme doucement derrière lui. Je reste debout, les bras ballants, incapable de bouger tout de suite. Julien me regarde en silence. Puis il tend doucement la main vers moi, et je m'assois à nouveau près de lui.
— Rose, souffle-t-il, tu es prête ?

Je le regarde, la gorge nouée.
— Et s'il ne veut pas de moi ? S'il me rejette ?
— Tu es sa fille. Et il mérite de le savoir. Pas comme une vérité qu'on apprend trop tard. Dis-lui. Pour toi. Pour lui. Tu as vécu toute ta vie avec ce vide. Lui aussi,

probablement.
Je baisse les yeux. Ses mots me frappent au bon endroit.
— Tu seras là, après ? Quand je reviendrai ?
Julien sourit. Son pouce effleure ma main.
— Je suis là. Tu ne seras plus jamais seule.
Je ferme les yeux un instant, puis je me redresse lentement. C'est à moi de faire le dernier pas. De fermer la boucle. Je vais aller voir Henry.

Le quartier est calme. Ici, tout semble bien ordonné. Les trottoirs sont larges, les arbres taillés avec soin, les façades bien entretenues. C'est le genre d'endroit où les volets sont toujours alignés, où les boîtes aux lettres brillent, où les voitures sont silencieuses et récentes. Mais ça ne respire pas la vanité. Juste une certaine forme de stabilité. De réussite posée, tranquille.

Henry vit dans un petit immeuble de pierre claire, au fond d'une impasse arborée. Une entrée discrète, sans interphone brillant, sans gardien. Une plaque simplement gravée de son nom. Rien de prétentieux.
Je monte les quelques marches qui mènent à son palier. La porte est bleu nuit, avec une poignée en laiton. Elle donne l'impression qu'on l'a ouverte et refermée avec soin pendant des années. Pas une éraflure.
J'ai déjà vu cet homme plusieurs fois, de loin. Je l'ai observé marcher dans les couloirs de l'hôtel, j'ai appris sa routine, j'ai guetté ses regards. J'ai attendu un signe, une intuition, quelque chose qui me confirmerait que c'était lui. Mon père. Et pourtant, chaque fois, je n'ai vu qu'un homme

droit et silencieux.
Cette fois, je suis ici pour lui dire la vérité. Pour me dévoiler. Pour lui rendre la part de moi qu'il ne sait même pas avoir perdue. Mon cœur cogne dans ma poitrine comme une alarme. Mes doigts tremblent quand je lève la main pour frapper. Trois coups légers, mais déterminés. Quelques secondes passent.

Puis la porte s'ouvre. Et Henry est là.
Toujours ce regard calme, cette posture droite, mais jamais rigide. Il porte une chemise en lin, entrouverte au col, et un pull marine sur les épaules. Il a l'air un peu surpris, mais pas froid. Jamais froid. Son visage s'éclaire doucement en me reconnaissant.
— Rose ? Dit-il, les sourcils légèrement froncés. Je ne m'attendais pas à vous voir.

Sa voix est égale, tranquille. Juste teintée d'une sincère curiosité.
— Bonjour, Henry.

Il me dévisage une seconde de plus, puis dans un geste simple, chaleureux.
— Entrez, je vous en prie.

L'intérieur de son appartement est à son image, épuré, élégant, sans excès. Une grande pièce à vivre lumineuse, parquet clair, quelques meubles en bois foncé. Des livres, bien rangés. Une odeur de café, de bois ciré. Pas de dorures, pas de luxe tapageur. Juste du goût. Une certaine forme d'équilibre.
— Asseyez-vous, me dit-il en m'indiquant un canapé sobre et confortable, sans perdre de sa gentillesse naturelle. Je m'installe, un peu tendue. Mes mains serrent mes

genoux. Il s'assied en face de moi, dans un fauteuil au cuir usé, celui qu'il doit occuper tous les soirs pour lire sans doute. Il m'observe avec attention, sans hostilité.
— Je suis content que vous soyez là, ajoute-t-il. Mais je dois avouer que je ne comprends pas.

Je le regarde et je sens, dans la manière dont il s'assied, dont il me regarde sans détour, qu'il ne se doute de rien. Rien de ce que je suis sur le point de lui dire.

Je prends une inspiration.

— Je suis venue vous voir parce que… je sais tout. À propos de ce qu'il s'est passé à l'hôtel. De votre arrestation, de Maria, de Marc. Elle a dit la vérité. Elle a dit que Marc vous avait fait porter le chapeau. Que c'est lui qui l'a agressée ! Et que vous… que vous étiez venu pour l'aider.

Henry baisse légèrement les yeux. Je crois que c'est la première fois que je le vois perdre sa contenance. Même à l'hôtel, quand il semblait accablé par l'enquête, il restait droit, digne. Là, il paraît… fatigué.
— J'ai cru que ça ne finirait jamais, murmure-t-il. Qu'on ne me croirait jamais ! Ce n'est pas la première fois que Marc efface ses traces en les laissant sur les miennes. Mais cette fois, j'ai cru que c'était fini pour moi.

Il marque une pause, puis relève les yeux vers moi.
— Merci… de savoir. Et d'être là.
Il attend. Il sent que ce n'est pas fini.
— Il y a autre chose, je murmure.
Je le vois se redresser légèrement, attentif, sans méfiance. Je plonge dans ses yeux avec cette peur folle que tout s'écroule. Mais je continue.
— Je voudrais vous parler d'Émilie.

Un éclair passe dans son regard. Son nom n'est pas anodin. Je le vois dans ses yeux. Il ne sourit pas, mais quelque chose qui s'ouvre en lui est perceptible.
— Vous la connaissiez ? Demande-t-il, la voix presque tendre.

Je hoche la tête.
— Oui. Très bien.

Il reste silencieux. Puis, il s'adosse un peu dans son fauteuil. Son regard se perd un instant vers la fenêtre, comme s'il regardait quelque chose que je ne peux pas voir.
— Émilie... dit-il enfin. Elle était... tout. La plus belle personne que j'aie connue. Elle n'était pas seulement belle, elle avait cette lumière. Cette façon de parler aux gens, de voir le monde. Moi... je crois que je suis tombé amoureux d'elle dès que je l'ai vue.

Sa voix se brise un instant.
— On s'est aimés. Beaucoup aimés.

Il ferme les yeux.
— Puis, du jour au lendemain, elle n'a plus voulu me voir. Elle n'a plus jamais répondu. Elle est partie sans un mot. Je me suis ressassé nos moments, j'ai cherché à comprendre, j'ai douté de moi, d'elle.

Il me regarde. Ses yeux brillent, mais il ne pleure pas. Il ne pleure jamais, je crois. Je sens ma gorge se nouer.

C'est le moment.
— Elle est partie parce qu'elle avait appris quelque chose, une nouvelle.
Il fronce les sourcils. Penche la tête.

— Quelle nouvelle ?
Je déglutis. Ma voix tremble un peu, mais je parle.
— Elle était enceinte.

Le silence est instantané
Henry me fixe. Immobile. Comme si mon visage était soudain devenu une énigme.
— Comment savez-vous ça ? Murmure-t-il.
Je ne fuis pas son regard. Je ne peux pas.
— Parce que je suis sa fille, Henry.
Je marque une pause. Une toute petite seconde. Puis, je termine, d'un souffle.
— Et je suis votre fille.

Ça y est, je le dis enfin. Et dans l'instant qui suit, j'ai l'impression que tout l'air quitte la pièce.
Henry ne bouge pas. Son visage ne se ferme pas. Il reste là, devant moi, immobile. Mais son regard… son regard vacille. Juste un peu.
— Qu'est-ce que tu as dit ? Murmure-t-il.

Je ne bouge pas non plus. Je suis déjà allée trop loin. Je ne peux pas revenir.
— Je suis la fille d'Émilie. Et je suis votre fille.
Il se redresse à peine. Son dos quitte le dossier du fauteuil. Son souffle se suspend, puis revient plus court.
— Ce n'est pas possible… souffle-t-il. Je… J'aurais su.
— Non, dis-je doucement. Elle a tout gardé pour elle.
Et moi, je ne le savais pas non plus. Jusqu'à cette lettre.

Je sors la feuille pliée avec précaution de ma poche. Et avec elle, le bracelet de ma mère.
— Mon grand-père m'a laissé ceci.

Je déplie la lettre lentement et la pose sur la table basse devant nous. Puis, je lui donne le bracelet.
— C'était à ma mère.
Henry reste figé. Il tend la main, presque sans y croire.
— Je le lui avais offert... murmure-t-il. Juste avant notre première soirée d'amour. Je savais que ce moment était important pour elle.

Il retourne lentement le bracelet. Sa main se referme dessus. Ses yeux brillent.
— Elle l'a gardé... souffle-t-il.

Je hoche la tête, les larmes me montant aux yeux.
— Elle ne vous a jamais oublié. Elle avait juste... trop de raisons de partir. Trop de peur. Et un enfant à protéger.

Il reste longtemps sans parler, le regard posé sur l'objet. Puis, il le serre contre lui, doucement. Presque comme on serre une main absente.
— Et toi, Rose... tu es tout ce qui reste d'elle.

Je hoche la tête. Mes lèvres tremblent.
— Je suis là. C'est tout ce que je veux. Savoir d'où je venais. Et... si vous étiez cet homme-là. Celui qu'elle a aimé. Celui que j'ai appris à observer, à connaître. Et à aimer aussi.

Henry me regarde. Son regard est flou, profond, plus tendre que jamais.
— Tu es ma fille, dit-il simplement.

Ce simple mot, « ma fille », fait tout chavirer en moi. Il me tend la main. Je m'approche. Et là, dans ce salon calme, entre le silence et le souffle, je sens une chose se former.

Quelque chose de fragile, mais vrai.

Henry finit par poser doucement le bracelet sur la table, comme s'il lui confiait une place à part. Puis, il lève les yeux vers moi et un sourire discret effleure ses lèvres.
— Je ne sais pas ce que je suis censé faire, murmure-t-il. Je n'ai jamais été père. Je ne sais pas par où commencer.
— Par être là, peut-être, je réponds doucement. C'est déjà énorme.
Henry se lève lentement et va chercher deux tasses de thé. Il m'en tend une.
— Ce n'est pas grand-chose, dit-il avec ce petit ton légèrement sec, mais tendre. Mais ça réchauffe.

Je ris doucement.
— Ça me va très bien.

On boit en silence. Quelques gorgées dans une paix nouvelle. Je le regarde à nouveau. Je reconnais quelque chose de moi dans ses gestes, sa pudeur, sa façon de fuir les grands mots. Je reconnais ma mère aussi. Dans sa manière de regarder sans juger. Je pourrais rester là des heures, mais je sais que je dois partir.

Je repose la tasse sur la table basse. Il comprend tout de suite, sans que j'aie à dire grand-chose.
— Tu dois y aller, dit-il calmement.

J'acquiesce.
— Julien m'attend.

Un léger sourire passe sur les lèvres d'Henry.
— Il a été là pour toi ?
— Du début à la fin. Même quand je ne le désirais pas.

Il hoche la tête, pensif.
— Alors, il mérite que tu sois là, toi aussi. Tu lui diras que je viendrai le voir. Je veux qu'il sache que je suis là, maintenant. Que je serai là pour toi, pour lui.

Je me lève. Il fait de même. Un petit flottement s'installe, comme si on ne savait pas encore comment dire au revoir. Puis, doucement, il ouvre les bras, hésitant. Je n'attends pas plus, je m'approche et je me laisse prendre dans cette étreinte que j'ai attendue sans le savoir toute ma vie. Ses bras sont solides, discrets...à son image. Il me serre contre lui sans trop de force, mais avec toute la sincérité du monde.
— À bientôt, ma fille, murmure-t-il contre mes cheveux.

Je ferme les yeux.
— À bientôt, papa.

* * *

Quand je pousse la porte de sa chambre, il est là, allongé, le regard tourné vers la fenêtre. Le soleil de fin de journée glisse doucement sur son profil, et, malgré la fatigue, malgré son bras encore bandé, il a l'air en paix.

Lorsqu'il m'entend entrer, il tourne la tête. Il sourit. Ce sourire qui me fait fondre un peu plus à chaque fois.
— Alors ? Souffle-t-il.

Je m'approche du lit et m'assieds au bord du matelas. Nos regards se croisent, et je sens cette envie brûlante de tout lui raconter. Alors je le fais.
— Je lui ai raconté ce que j'avais découvert, la lettre, le

bracelet... Et quand je lui ai dit que j'étais sa fille, il m'a regardée comme si le monde s'arrêtait. Il a pris ma main. Il m'a appelée « ma fille », Julien. Et je crois... je crois qu'il le pensait vraiment.

Julien me regarde sans parler. Dans ses yeux, je vois la fierté, l'émotion pour moi. Il serre ma main dans la sienne, malgré le bandage, et me tire doucement contre lui.
— Tu méritais ce moment, murmure-t-il. Tu méritais d'avoir ton père.
Je pose ma tête contre son épaule, dans le creux de son cou. On reste comme ça jusqu'à ce qu'un coup léger retentisse à la porte. Un médecin entre, un grand sourire sur le visage.
— Bonjour. Bonne nouvelle, Julien, on va vous libérer.

Julien redresse la tête, surpris.
— Déjà ?
— Votre état est stable, la plaie cicatrise bien, et vous avez quelqu'un pour veiller sur vous, dit-il en me regardant avec un clin d'œil complice.

Je souris doucement. Julien hoche la tête.
— Alors, allons-y.

Le médecin s'éclipse pour les papiers. Quelques minutes plus tard, Julien est debout, un peu raide, mais debout. Je l'aide à s'habiller, à enfiler son manteau, et nous quittons l'hôpital main dans la main.

Quand on pousse la porte de son appartement, tout me paraît plus calme, plus lent. Comme si le monde s'était mis en pause. Le silence est doux, et l'odeur familière m'enveloppe aussitôt.

Julien entre en premier. Il pose sa veste sur le dossier du canapé, puis s'appuie un instant contre le mur, les yeux mi-clos. Il est épuisé.
— J'ai besoin d'une douche, dit-il. L'hôpital, ce n'est pas ce qu'il y a de plus agréable à porter sur la peau.
— Je comprends, je réponds doucement, en le regardant avec tendresse.

Il me lance un regard rapide, puis disparaît dans le couloir. J'entends l'eau couler quelques instants plus tard.

Je reste là, un moment, dans le salon, à observer les objets autour de moi, son livre sur la table, la plante qu'il n'arrose jamais, mais qui survit quand même, le sweat qu'il porte toujours le soir. Et puis je me lève. Je traverse le couloir, pieds nus sur le parquet froid. Quand j'atteins la salle de bain, la porte est entrouverte. De la vapeur s'échappe dans le couloir. Je n'hésite pas. J'entre.

Il ne m'a pas entendue. Il est déjà sous le jet, dos tourné, l'eau ruisselant sur ses épaules, sa nuque et sa colonne. Son bras valide repose contre le carrelage, l'autre protégé par un pansement bien fixé.
Je me déshabille sans bruit, laisse mes vêtements tomber un à un sur le carrelage tiède. Je pousse doucement la porte de la douche.
Il se retourne, surpris, les yeux légèrement agrandis, mais son regard change aussitôt. Plus de fatigue. Juste moi. Juste lui.
— Rose... tu...
— Chut, je souffle. Je veux être avec toi. Maintenant.

Je m'approche de lui dans la vapeur, mon corps se glissant contre le sien, encore chaud sous le jet d'eau. Nos peaux se touchent. Ma poitrine se presse doucement contre son torse. Il est là, vulnérable, tremblant peut-être un peu, mais solide et beau, tellement beau.

Il glisse une main dans mon dos, explore lentement la ligne de ma colonne, puis s'arrête au creux de mes fesses. Il les caresse avec douceur, les presse doucement vers lui. Je me laisse faire, je me tends contre lui, mon ventre collé au sien. Je sens la chaleur de son corps, son envie qui monte, contre moi.

L'eau coule le long de nos épaules, de nos cuisses, elle devient complice. Elle fait glisser nos peaux, rend chaque geste plus lent, plus fluide. Nos corps se cherchent, s'explorent. Julien baisse la tête et embrasse ma clavicule. Sa bouche descend lentement. Ses lèvres humides effleurent la courbe de mes seins, en dessinent le contour, puis s'attardent doucement sur mes tétons. Il les embrasse, les mordille très légèrement. Je soupire, je cambre un peu les reins. Mon corps s'enflamme à ce contact, frissonne de plaisir.

— Tu es si belle, murmure-t-il.

Je lui réponds en glissant ma main entre nous. Ma paume descend lentement sur son ventre, puis s'aventure plus bas, frôle son sexe tendu. Il gémit. Je le caresse doucement, le regard planté dans le sien. Il ferme les yeux, se laisse aller contre le mur, haletant.
Je me hisse sur la pointe des pieds, l'embrasse à nouveau, plus fort, plus profond.
Il me soulève légèrement, avec une tendresse mêlée d'un désir brut. Mes jambes s'enroulent autour de ses hanches.

Son sexe glisse contre ma chair. Il entre en moi d'un seul mouvement lent, précis. Mon souffle se coupe. Il me tient, fermement, délicatement. Je m'accroche à lui, mes mains dans ses cheveux, mes lèvres contre son cou.

Nos mouvements sont lents, profonds. Je le sens complètement en moi, et chaque va-et-vient me fait trembler. Il gémit contre ma peau, m'appelle par mon prénom. Je l'embrasse, encore et encore. Nos corps collés, en rythme.

Je ne sens plus que la chaleur de l'eau, son souffle, mes gémissements étouffés, son corps qui glisse contre le mien, qui m'envahit. Je me tends, je tremble, et puis… je me libère. Un frisson violent, délicieux, me traverse tout entière. Il me suit presque aussitôt, haletant, gémissant tout contre moi, enfoui dans mon cou.

Quand le calme revient, nos corps restent mêlés, immobiles. Il m'embrasse lentement sur l'épaule. Ma tête repose contre la sienne. L'eau continue de couler, mais on ne bouge pas encore.

— C'était… souffle-t-il, sans finir.
— Oui, je murmure. C'était.

Et c'est tout ce qu'on a besoin de dire. On s'habille. Julien s'installe dans le lit, et moi, je le rejoins en silence. Quand je m'allonge contre lui, il glisse son bras valide autour de mes épaules et m'attire doucement contre lui.

— Tu sais ce que je veux, là, maintenant ? Murmure-t-il contre mes cheveux.
— Dis-moi.
— Juste ça. Que tu sois là. Que tu te blottisses contre moi. Et qu'on n'ait plus besoin de parler.

Je me serre un peu plus. Il m'embrasse sur le front. Mais après un silence, sa voix revient, plus grave.
— Tu sais... Je ne lui pardonnerai jamais ce qu'il m'a fait, ce qu'il t'a fait, à Maria, à nous tous. Ce n'est pas pardonnable.

Je reste contre lui. Je ne dis rien. Il a besoin de sortir ça.
— Et pourtant, je l'ai aimé. Comme un père. Il a été bon avec moi, parfois. Il m'a élevé. Il m'a protégée. J'ai vécu toute ma vie en croyant qu'il était mon père... et, aujourd'hui, je sais que ce n'était pas le cas. Et tu veux savoir le plus étrange ?
— Quoi ?
— Je ne veux pas savoir qui ils sont vraiment, mes parents. Je crois que ça n'a plus d'importance. Je ne veux pas que cela efface tout ce que j'ai vécu. Même si c'est incomplet. Même si c'est faux. Je veux juste avancer.

Sa voix ne tremble pas, mais je perçois la fragilité cachée derrière ses mots. Comment l'a-t-il appris ? Pense-t-il réellement ce qu'il me dit ? Peu importe, lorsqu'il aura besoin de moi, je serai là. Je me redresse légèrement, juste assez pour croiser son regard. Je me penche doucement vers lui et dépose sur ses lèvres un baiser tendre. Ce baiser lui dit, sans un mot, que je comprends, que je suis là et que je ne bougerai pas.
Quand je me détache, il murmure.
— Je t'aime, Rose.
— Moi aussi, Julien. Plus que tu ne peux l'imaginer.

Et cette fois, c'est dans ses bras que je m'endors, aimée et libre.

Chapitre 16

Je suis assise sur un banc, dans un petit parc en bord de ville. À côté de moi, Henry lit, lunettes au bout du nez, concentré, tranquille. Il ne parle pas beaucoup. Mais il est là. Et, à sa manière, il me montre qu'il m'aime. On partage un café, une balade. On construit lentement ce lien. Comme un père et une fille qui rattrapent le temps.

Ce week-end, il vient dîner chez nous. Chez Julien et moi. Nous cuisinons ensemble, lui, avec son bras gauche encore un peu raide, et moi avec mon sourire idiot quand il me passe un torchon et m'appelle « cheffe ».

Dans notre salon, une photo d'Élodie, Thomas et moi est accrochée. C'est mon image préférée. Elle me rappelle que, parfois, la vie ne se reconstruit pas... elle se réinvente.

On se voit souvent tous les quatre, parfois on rit sans s'arrêter, parfois on ne dit rien, et c'est suffisant. Élodie, c'est mon pilier, mon miroir, mon refuge. Et Thomas est devenu bien plus qu'un ami. Il fait partie de mon équilibre.

Un soir, alors que le ciel se teinte d'un rose tendre, je suis allongée sur le canapé, la tête posée sur la cuisse de Julien. Il me caresse les cheveux, sans un mot. La télé est allumée, mais aucun de nous ne la regarde vraiment. Le silence entre nous est magnifique, rempli de vie. Et puis, il parle, d'une voix douce.

— Et si nous écrivions notre propre histoire maintenant ?

Je lève les yeux vers lui. Il sourit. Ce n'est pas une question, c'est une évidence.

— Oui, dis-je. On a déjà commencé.

Il m'embrasse, un baiser simple, vrai. Dans ce baiser, je me dis naïvement que le pire est derrière nous, sans savoir que tout commence vraiment maintenant.